Auf LACHEN, LIEBE *und* NEUANFÄNGE

Eine Geschichte
über Mut und Freundschaft

Umschlaggestaltung und Buchsatz: Corinna Öhler (Buchschmiede)
Lektorat: Ilona Wenger

Druck und Vertrieb im Auftrag der Autorin:
Buchschmiede von Dataform Media GmbH
Julius-Raab-Straße 8, 2203 Großebersdorf, Österreich

www.buchschmiede.at – Folge deinem Buchgefühl!
Kontaktadresse nach EU-Produktsicherheitsverordnung:
info@buchschmiede.at

ISBN:
978-3-99181-330-9 (Paperback)
978-3-99181-622-5 (E-Book)

Printed in Austria

Für meinen Vater

Vier Jahre bist du nun nicht mehr hier –
und doch so nah.
Ich denke oft an deine ruhige Art, deine Weisheit,
die du nie laut, sondern mit stiller Größe geteilt hast,
und an deine Liebe zu den einfachen Dingen.
Dein Haus, in dem diese Geschichte entstand,
war nicht nur Kulisse, sondern Quelle:
von Erinnerungen, Wärme und Inspiration.
Danke für deine leise Präsenz und für die Möglichkeit,
immer wieder von dir zu lernen.

KAPITEL 1

Das erste Licht nach der Dunkelheit

Jemand rief meinen Namen. »Charlotte!« Doch die Stimme schien von weit her zu kommen, wie ein Echo aus einer vergangenen Zeit. Meine Augenlider fühlten sich an, als wären sie mit Blei beschwert gewesen, und mein Kopf pochte in einem unerbittlichen Rhythmus, als würde jemand mit einem Schlagzeug in meinem Schädel herumtrommeln. Ein unbestimmtes Gefühl von Unbehagen breitete sich in mir aus, während ich langsam zu Bewusstsein kam. Als ich meine Augen endlich öffnete, war alles verschwommen. Die Umgebung war eine Mischung aus Schatten und Lichtflecken, und ich spürte den harten Boden unter mir. Panik stieg in mir auf, als ich bemerkte, dass ich nicht in meinem eigenen Bett lag. Wo war ich? Was war passiert? »Charlotte!« Mein Name klang näher, dringender. Ich versuchte mich aufzurichten, doch ein stechender Schmerz durchzuckte meinen Kopf, und ich sank zurück auf den Boden. Mein Herz begann schneller zu schlagen, während ich versuchte, mich zu orientieren. Plötzlich wurde die Dunkelheit von einem grellen Licht durchbrochen, als sich die Konturen einer Gestalt über mir abzeichneten. Mein Herz raste und ich versuchte, die Person zu erkennen. »Charlotte, bist du da?« Es klang weiblich, irgendwie vertraut und voller Besorgnis. »Ja, hier bin ich«, flüsterte ich. »Wo bin ich? Was ist passiert?« »Charlotte, du bist vor dem Haus deines Papas zusammengebrochen«, antwortete die Stimme ruhig. »Ich bin die Nachbarin deines Vaters, Giulia. Zum Glück habe ich dich gefunden.«

Giulia half mir, mich aufzusetzen. Ein dumpfer Schmerz durchzog noch einmal meinen Kopf, aber ich zwang mich, die Augen offen zu halten und mich auf die Umgebung zu konzentrieren. Endlich erkannte ich, dass wir uns vor dem alten, vertrauten Haus meines Papas befanden. Die Erinnerungen fluteten zurück – die langen Gespräche mit meinem Vater, die ruhigen Nachmittage im Garten und der Duft von frischen Kräutern. Doch diesmal lag eine düstere Aura über dem Haus, und die vertrauten Erinnerungen wurden von einem Schleier der Traurigkeit verdeckt. »Was ist passiert?«, fragte ich unsicher. »Warum bin ich hier? Ich kann mich an nichts erinnern.« Giulia legte ihre Hand auf meine Schulter: »Mach dir keine Sorgen, Charlotte. Es sieht so aus, als hättest du einen Zusammenbruch gehabt. Ich fand dich bewusstlos auf dem Gehweg vor deinem Haus. Zum Glück kam ich gerade vorbei und konnte dir helfen.«

Ich sah sie an, mein Kopf war voller Fragen. Ein Zusammenbruch? Wieso? Und wie war ich hier gelandet? Die Fragen lösten eine Welle der Panik in meinem Kopf aus. Doch Giulia spürte meinen inneren Kampf und nahm meine Hand: »Alles wird wieder gut, Charlotte. Wir werden das gemeinsam herausfinden.«

Sie half mir vorsichtig auf die Beine und stützte mich behutsam. Gemeinsam gingen wir langsam in Richtung ihres Hauses, während die kalten Regentropfen meine nackten Füße berührten und mir einen Schauer über den Rücken jagten. Meine Kleidung war durchnässt und klebte an mir wie eine zweite unangenehme Haut. Die Luft war feucht und kühl, und ein fieser Wind pfiff mir um die Ohren – als wollte der Frühling mir persönlich mitteilen, dass er noch Besseres zu tun hatte. Als wir schließlich bei Giulias Haus ankamen, fühlte ich mich, als wäre ich in eine andere Welt eingetreten. Das warme Licht, das aus den Fenstern leuchtete, wirkte einladend, und der Gedanke an trockene Kleidung und eine heiße Tasse Tee beruhigten mich.

Als Giulia mich in ihr Haus führte, wurde mir die schlichte, aber gemütliche Erscheinung ihres Heims bewusst. Das Gebäude war eher bescheiden, mit weißen Wänden und einem spärlichen, aber einladenden Charme. Es wirkte wie ein Ort, der sich harmonisch in seine Umgebung einfügte. Der Hauseingang, der durch eine steile Treppe erreichbar war, schien von einer Art Magie umgeben zu sein. Selbst im Dunkeln konnte ich die Umrisse von alten Bäumen und verwunschenen Sträuchern erkennen, die dem Garten ein geheimnisvolles Flair verliehen.

Im Vorraum angekommen, konnte ich durch die schwache

Beleuchtung nur schemenhaft die Details erkennen. Die Atmosphäre war dennoch spürbar, ein Ort der Ruhe und der Entspannung.

Meine Retterin führte mich ins Wohnzimmer und half mir, mich auf dem Sofa niederzulassen und verschwand kurz im Nebenzimmer. Sobald ich alleine war, durchzog ein Gedanke meinen Kopf: Was hatte Giulia gegen elf Uhr nachts noch auf der Straße zu suchen? War sie gerade auf dem Weg nach Hause gewesen, als sie mich gefunden hatte? Ihre Präsenz in der Nacht schien mir rätselhaft und machte mich neugierig. Vielleicht war es nur Zufall, oder vielleicht hatte sie ihre eigenen Gründe, sich zu dieser Stunde draußen aufzuhalten. Die Frage blieb unausgesprochen, aber in meinem Kopf schwirrten die Gedanken über die geheimnisvollen Umstände, unter denen unsere Wege sich kreuzten.

Giulia kam mit einem Stapel Handtüchern und einem frischen Gewand zurück. »Hier, zieh dich erstmal um«, sagte sie freundlich und reichte mir die fein zusammengelegte Wäsche.

Ich nahm die Handtücher und das saubere Gewand dankbar entgegen, froh, mich aus den durchnässten Kleidern befreien zu können. Giulia zeigte mir das Badezimmer. Ich trat ein und ließ die Tür leise hinter mir ins Schloss fallen, froh, der Kälte und Nässe entkommen zu sein.

Im Badezimmer blickte ich zuerst in den Spiegel. Das, was mir entgegenstarrte, sah aus, als hätten ein Waschbär und ein verwildertes Eichhörnchen einen Streit auf meinem Kopf ausgetragen. Meine roten Haare, normalerweise glatt und in einem Pferdeschwanz gebunden, standen in alle Richtungen ab. Mein Gesicht wirkte, als hätte ich eine Woche durchgemacht – blass und erschöpft, mit dunklen Augenringen, die jeden Panda neidisch gemacht hätten.

Ich versuchte, ein halbwegs normales Gesicht zu machen, indem ich die Haare glattstrich und ein Lächeln aufsetzte, aber es sah eher aus wie eine missglückte Gesichtsgymnastik. Egal, dachte ich, das hier ist kein Schönheitswettbewerb, sondern ein Bad. Also legte ich das frische Gewand zur Seite und begann, die klebrigen Kleidungsstücke abzulegen. Doch während ich die feuchte Kleidung abstreifte, dachte ich mir, dass die nassen Sachen nicht nur die Kälte und Nässe des Wetters repräsentierten, sondern auch die frustrierenden letzten Wochen meines Lebens. Manchmal fragte ich mich, ob meine Garderobe ein geheimes Talent zum Selbstmitleid entwickelt hatte.

Nachdem ich mich in ein warmes Handtuch gehüllt hatte, fühlte ich mich ein wenig mehr wie ein Mensch und ein wenig weniger wie eine verschollene Inselbewohnerin. Das Bad war angenehm warm, und das Gefühl, endlich trockene Kleidung anzuziehen, war eine Wohltat. Das Gewand, das Giulia mir gegeben hatte, fühlte sich weich und angenehm an. Es war ein schlichter, aber eleganter Baumwollpyjama in einem zarten Pastellton, der irgendwie an die Morgensonne erinnerte. Die Ärmel waren lang genug, um meine kalten Hände zu bedecken, und der leichte Stoff fühlte sich flauschig an. Die Hose war etwas zu lang, was bedeutete, dass ich sie beim Gehen hochziehen musste, um nicht darüber zu stolpern, aber sie war wunderbar bequem. Die Bündchen an den Ärmeln sorgten dafür, dass keine kühle Luft durchkam, und der lockere Schnitt gab mir das Gefühl, mich endlich entspannen zu können. Das Beste an diesem Pyjama war jedoch der dezente Duft nach Lavendel und Vanille, der mir beim Anziehen in die Nase stieg. Ich atmete tief ein und ließ den beruhigenden Duft auf mich wirken. Der Geruch erinnerte mich an warme Sommerabende und frisch gewaschene Wäsche, was meine düstere Stimmung ein wenig aufhellte.

Als ich mich in dieses bequeme Gewand gekleidet hatte, fühlte ich mich fast wie zu Hause – nur eben bei jemand anderem, der offenbar einen hervorragenden Geschmack in Sachen Pyjamas hatte. Der Stoff war weich und luxuriös, aus feiner Baumwolle oder vielleicht sogar Seide, und der Schnitt zeitlos elegant – genau die Art Kleidung, die eine Frau trägt, die Stil nicht Trends unterordnet. Sollte ich Giulia fragen, wo sie ihre Kleidung kauft? Ich schüttelte diesen Gedanken schnell ab. Vielleicht war es vielmehr eine dieser leisen Gewohnheiten, die man erst mit den Jahren entwickelt – diese mühelose Eleganz, die nicht nach Aufmerksamkeit verlangt, sondern einfach da ist.

Ich seufzte leise. Jetzt war wirklich nicht der richtige Zeitpunkt, um über Mode nachzudenken. Meine Gedanken sollten sich um Wichtigeres drehen – meine zerbrochene Beziehung zu Werner, meine Freundschaft zu Angela und die Tatsache, dass ich vor dem Haus meines Vaters zusammengebrochen war.

Ich machte eine mentale Notiz, meine Prioritäten neu zu ordnen. Aber die Idee, Giulia später nach ihrem Modegeheimnis zu fragen, behielt ich trotzdem im Hinterkopf. Man sollte schließlich nie eine Gelegenheit verpassen, etwas Neues zu lernen, auch wenn es nur um bequeme und zeitlose Kleidung ging.

Mit einem letzten prüfenden Blick in den Spiegel entschied ich, dass ich bereit war, wieder in die Zivilisation zurückzukehren. Nun, zumindest ins Wohnzimmer, wo der Tee und die Gesellschaft eines freundlichen Menschen auf mich warteten.

Während ich mich auf den Weg zurück ins Wohnzimmer machte, stellte ich mir vor, wie ich eine geschickte Performance für Giulia abliefern würde und leichtfüßig ihr entgegengehe.

Meine Retterin hatte es sich bereits auf dem Sofa bequem gemacht, eine dampfende Tasse Tee in den Händen. Sie schenkte mir ein warmes Lächeln, als ich mich zu ihr gesellte. Meine viel zu langen Pyjama-Hose ließen mich immer wieder ins Stolpern geraten, und ich wäre fast auf dem Weg zum Sofa hingefallen. Soweit zu meiner geschickten Performance – die eher wie ein Slapstick-Nummer in einem Pyjama-Theater wirkte. Es schien, als hätte ich meine Rolle als tollpatschige Heldin der Nacht perfekt einstudiert.

Um die peinliche Situation mit einem Scherz abzutun, meinte ich: »Scheint, als hätte ich meine Berufung verfehlt.

Als Clown könnte ich in der Manege zumindest meine Tollpatschigkeit ausleben.« Giulia kicherte und reichte mir eine Tasse Tee: »Vielleicht solltest du es mal versuchen, Charlotte. Du würdest bestimmt eine großartige Show abliefern.« Ich nahm die Tasse, setzte mich neben sie und lachte leicht. Manchmal war es besser, über sich selbst zu lachen, als alles zu ernst zu nehmen.

»Ich dachte, ein bisschen Tee würde dir guttun. Es ist Kräutertee mit Honig – nichts, was dich wachhält, aber etwas, das dich beruhigen sollte.« Ich spürte sofort die wohlige Wärme, die durch meine kalten Hände strömte. Der Duft von Minze und Kamille füllte meine Sinne, und ich konnte nicht anders, als einen tiefen Atemzug zu nehmen. »Danke, Giulia. Das ist genau das, was ich brauche«, sagte ich dankbar.

Wir saßen eine Weile schweigend da, nippten an unserem Tee und lauschten dem leisen Prasseln des Regens gegen das Fenster. Es war eine dieser seltenen, friedlichen Momente, in denen nichts gesagt werden musste, weil die Stille genug Raum für das Wesentliche ließ. Solche Momente waren in letzter Zeit fast völlig aus meinem Leben verschwunden. Um mich von meinen düsteren Gedanken abzulenken, ließ ich mein Blick durch den Raum schweifen.

Giulias Wohnzimmer war eine Oase der Behaglichkeit. Die Wände waren in warmen Farben gestrichen, und überall hingen kleine Kunstwerke, die das Gefühl von Geborgenheit verstärkten. Die Möbel waren eine Mischung aus Vintage und modern, und ein großer, flauschiger Teppich bedeckte den Holzboden. In den Regalen standen Bücher zu Themen, die von Philosophie bis hin zu Mystik reichten, und ein kleiner Kristall lag auf einem Beistelltisch. Der Raum wurde von einem sanften Licht erhellt, das von mehreren Kerzen stammte, die Giulia gerade angezündet hatte. Der Duft von Vanille und Sandelholz erfüllte die Luft und verlieh dem Wohnzimmer eine beruhigende Atmosphäre.

Das rote Sofa, auf dem wir gerade saßen, war ein echtes Schmuckstück. Der Stoff war weich und samtig, und seine intensive, rubinrote Farbe strahlte Wärme aus. Die Kissen darauf waren in verschiedenen Rottönen gehalten und luden geradezu dazu ein, sich darin zu verlieren. Die gestrickte Decke, die über einer Armlehne lag, verstärkte dieses Gefühl der Geborgenheit noch mehr. Der Sitzkomfort war hervorragend – das Sofa war weder zu weich noch zu hart und bot eine unwiderstehliche Einladung, sitzenzubleiben.

Ich fragte mich, wie Giulia es überhaupt schaffte, regelmäßig von diesem gemütlichen Platz aufzustehen. Vielleicht hatte sie ein Geheimrezept, denn ich sah mich schon mit einer Packung Chips und einem Glas Wein hier sitzen und den ganzen Tag Serien schauen, unfähig, der Umarmung dieses perfekten Sofas zu entkommen

Wieder stiegen Bilder in meinem Kopf auf, die ich lieber schnell abschütteln wollte, und ich blickte mich weiter im Raum um. An der Stehlampe daneben hing ein Traumfänger mit bunten Federn, und in einer Ecke stand eine kleine goldene Statue, die einen friedlichen Ausdruck hatte. Es war klar, dass Giulia viel Wert auf eine harmonische Umgebung legte, die zum Entspannen und Wohlfühlen einlud.

Ein kleines Klangspiel hing an einem Haken über der Fensterbank und ertönte leise, wenn sich die Luft im Raum kaum merklich bewegte. Es erzeugte ein zartes, melodisches Klingen – fast hypnotisierend und perfekt passend zu der sanften, esoterischen Atmosphäre des Raumes.

Während ich den Tee schlürfte, fiel mir Giulias Lächeln auf, die am anderen Ende des Sofas saß. Plötzlich durchzuckte mich die Erinnerung an all die Male, die ich sie in meiner Jugendzeit in der Nachbarschaft gesehen hatte. Damals war sie für mich »die Italienerin von nebenan« gewesen – immer etwas verschlossen, mit einer geheimnisvollen Aura, die meine Fantasie ankurbelte.

Ich musste schmunzeln, wenn ich daran dachte, wie oft ich mir in meiner Kindheit die wildesten Geschichten über sie ausgemalt hatte. Vielleicht eine berühmte Künstlerin, die sich vor der Öffentlichkeit versteckte? Oder eine Frau mit einer dunklen Vergangenheit? Tatsächlich hatte ich mir nie die Mühe gemacht, sie näher kennenzulernen. Jetzt, Jahre später, betrachtete ich sie mit anderen Augen. Sie musste inzwischen um die fünfzig sein, aber ihr Gesicht trug diese zeitlose Schönheit, die nicht nur von guten Genen, sondern auch von einem gelebten Leben kam.

Mein Verstand begann zu arbeiten, und ich konnte nicht

anders, als über all die Vorurteile nachzudenken, die ich ihr gegenüber gehegt hatte.

Giulia und ihre Familie hatten sich immer sehr unnahbar verhalten. Sie grüßten zwar freundlich, aber darüber hinaus gab es kaum Austausch mit den Nachbarn. Als Kind hatte ich mir das als geheimnisvolle Zurückgezogenheit ausgemalt, doch jetzt begann ich zu hinterfragen, ob es nicht einfach nur Zurückhaltung war – oder vielleicht der Wunsch, sich nicht in das typische Nachbarschaftsgeplänkel einzumischen. Es war eine ernüchternde Erkenntnis, dass ich so schnell geurteilt hatte, ohne wirklich versucht zu haben, hinter die Fassaden zu blicken.

Plötzlich fühlte ich mich schuldig wegen meiner voreiligen Urteile. Die gerade noch angenehme Stille verwandelte sich zu einem unangenehmen Schweigen, als ich darüber nachdachte, wie ablehnend ich Giulia behandelt hatte. Doch dann lächelte sie und brach das Eis. »Charlotte, ich bin froh, dass es dir besser geht«, sagte sie freundlich. »Ich hoffe, der Tee hilft dir, dich aufzuwärmen.« Ihre freundlichen und warmen Worte berührten mich, und ich spürte, wie sich eine Last von meinen Schultern zu lösen schien. Vielleicht war es an der Zeit, meine Vorurteile beiseitezulegen und Giulia eine echte Chance zu geben.

Ich bewunderte ihren italienischen Stil. Ihr langes, dunkelbraunes Haar fiel in üppigen Locken über ihre Schultern und bewegte sich leicht, wenn sie durch den Raum schritt. Ihre

Augen waren tiefbraun, lebendig und voller Wärme. Ihre Haut war sonnengeküsst und hatte eine gesunde Ausstrahlung, die an die mediterranen Küsten erinnerte. Sie trug ein einfaches, aber elegantes Outfit, das ihren natürlichen Stil unterstrich: eine weiße Bluse mit einem leichten Schnitt, kombiniert mit einer dunkelgrünen Hose, die perfekt saß. Dazu trug sie dezente Schmuckstücke wie kleine Ohrringe und eine feine Halskette, die das Gesamtbild vervollständigten.

Giulias Stimme war sanft und einladend, mit einem angenehmen melodischen Klang, der ihren italienischen Akzent deutlich zur Geltung brachte. Das rollende R und die fließende Betonung ihrer Worte gaben ihren Sätzen eine besondere Melodie, die fast beruhigend wirkte.

Als Giulia sprach, bewegten sich ihre Hände lebhaft durch die Luft, als ob sie die Worte damit unterstreichen wollte. Ihre Gesten waren typisch italienisch – geschmeidig, ausdrucksstark und voller Energie. Es war faszinierend zu sehen, wie ihre Hände die Gedanken und Gefühle, die sie vermittelte, so anschaulich unterstützten.

Ich erinnerte mich daran, wie ich als Teenager oft über diese italienische Note gestaunt hatte. Ihr charmanter Akzent und die natürliche Eleganz, die sie ausstrahlte, hatten mich immer beeindruckt. Jetzt, während ich ihre Gesten beobachtete, fragte ich mich, ob ich damals vielleicht aus Eifersucht so abweisend gewesen war. Vielleicht hatte ich Giulias unaufdringliche Anziehungskraft als eine Art Bedrohung empfunden, ohne mir dessen wirklich bewusst zu sein.

Giulias Lächeln hatte eine erstaunliche Wirkung auf mich. Es war, als hätte ihr Lächeln einen Schalter in meinem Kopf umgelegt und meine Selbstzweifel in den Hintergrund gedrängt. Plötzlich fühlte ich eine unerwartete Gelassenheit, die ich lange nicht mehr gespürt hatte – als wäre es in Ordnung, Fehler gemacht zu haben und sich selbst auch mal verzeihen zu dürfen.

Vielleicht lag es an Giulias beruhigender Präsenz oder an der behaglichen Atmosphäre ihres Wohnzimmers. Umgeben von Kerzenlicht, Kissen und warmen Decken schien der Lärm der Außenwelt verstummt. Die inneren Stimmen, die sonst in meinem Kopf wie eine drängende Talkshow immer lauter wurden, waren auf einmal überraschend leise. Ich lehnte mich zurück und wollte dieses Gefühl der Ruhe festhalten und so lange wie möglich genießen.

Giulia lächelte beruhigend. Ihre Art, sich Zeit zu nehmen und nicht zu drängen, gab mir den Raum, den ich brauchte. Sie schien instinktiv zu wissen, dass ich mich gerade einfach nur erholen und entspannen musste. Ohne Fragen zu stellen oder Ratschläge zu erteilen, ließ sie mich in Ruhe, aber gab mir gleichzeitig das Gefühl, dass sie da war, wenn ich sie brauchte.

Während ich die Tasse in meinen Händen hielt und die Wärme spürte, merkte ich, wie die ständige Unruhe, die mich oft begleitete, einem Gefühl der Dankbarkeit wich. Es war erstaunlich, wie eine einfache Geste der Freundlichkeit und eine warme Umgebung so viel bewirken konnten. Und so saß ich da, ohne den Drang, alles zu analysieren oder zu erklären, und genoss einfach den Moment der Stille.

Nach einer Weile des Schweigens, in der ich die Ruhe und Gelassenheit auskostete, beschloss ich, die Stimmung ein wenig aufzulockern. Die Stille hatte mir zwar Erholung verschafft, doch ich spürte, wie sich eine leichte Spannung in der Luft breit machte. Vielleicht war ich doch noch nicht ganz bereit für so viel »Zen«, dachte ich und erinnerte mich unweigerlich an meine missglückten Versuche im Yoga, bei denen ich öfters wie ein umkippender Baum und weniger wie eine geschmeidige Katze wirkte.

Ein Scherz schien mir der beste Weg, um meine aufkommende Unruhe zu vertreiben und die Stille zu durchbrechen. Ich lächelte und wandte mich mit einem Augenzwinkern an Giulia: »Weißt du, Giulia, ich habe mich schon immer gefragt, ob du heimlich eine Agentin bist. Du wirkst so geheimnisvoll und ruhig. Vielleicht versteckst du irgendwo eine geheime Spionageausrüstung – ich meine, wer kann schon so gelassen bleiben, ohne eine geheime Rolle als Spionin?«

Giulia lachte. Sie spielte mit: »Oh, du hast mich durchschaut, Charlotte! Aber soweit ich mich erinnere, ist meine Geheimagentenlizenz vor ein paar Jahren abgelaufen. Ich fürchte, du wirst mit meiner Normalität leben müssen.« Ihr augenzwinkernder Humor war ansteckend, und ich konnte nicht anders, als zu lachen. Es war beruhigend zu sehen, dass Giulia meine kleine humorvolle Unterbrechung des

Schweigens genauso genoss wie ich. Vielleicht hatte ich sie doch unterschätzt.

Ich seufzte leise und strich mir eine feuchte Haarsträhne aus dem Gesicht. Das Gefühl, mit Giulia über meine Probleme sprechen zu wollen, hatte sich in dieser warmen und ruhigen Umgebung langsam in mir aufgebaut, und nun kam es plötzlich über mich. Ich fühlte, wie sich mein Herzschlag beschleunigte und meine Hände leicht zitterten. Giulia schaute mich aufmerksam an, ihre Miene war ruhig und ermutigend. Ich dachte mir, dass sie eine gute Zuhörerin war, und als Nachbarin war sie bereits mit vielen meiner Familienmitglieder und unserer Geschichte vertraut. Dadurch musste ich nicht so weit in meinen Erzählungen ausholen, und das machte es mir leichter, den ersten Schritt zu wagen.

Es war schon lange her, dass ich mich jemandem geöffnet hatte – und das Gefühl, darüber zu sprechen, war ungewohnt und beängstigend. Wie konnte ich beginnen, meine komplizierten Gefühle und Probleme zu teilen, wenn ich nicht einmal wusste, ob Giulia die richtige Person war, um mir zuzuhören?

Meine Gedanken schweiften zu der seltsamen Situation, in der ich mich befand. Giulia war eine Nachbarin, die mir immer ein Rätsel gewesen war. Ihr nächtlicher Ausflug war mir immer noch ein wenig suspekt. Warum hatte sie gerade in diesem Moment vor meinem Vaterhaus nach mir gesehen?

War ihre Hilfe wirklich so selbstlos, oder verbarg sich hinter ihrer freundlichen Fassade vielleicht etwas anderes?

Der Gedanke, mich ihr anzuvertrauen, erzeugte ein Gefühl der Beklommenheit. War es klug, die eigenen Probleme mit jemandem zu teilen, der in der Vergangenheit so geheimnisvoll erschien? Die Unsicherheit nagte an mir, und ich fragte mich, ob ich nicht nur in ein weiteres Chaos stürzte, indem ich mich öffnete.

Giulia schien meine Unsicherheit zu bemerken. Die leise Erwartung in ihren Augen, die Art, wie sie mich sanft anlächelte, machte es fast unmöglich, dem Drang zu widerstehen, ihr zu vertrauen. Ihr stilles Warten forderte mich heraus, mein Herz zu öffnen.

KAPITEL 2

Ein Moment der Offenbarung

»Giulia«, begann ich zögernd, »ich weiß nicht, ob es der richtige Zeitpunkt ist, aber ich muss einfach mit jemandem reden.« Ich redete leise, fast wie ein Flüstern, doch Giulia nickte nur verständnisvoll und lehnte sich ein wenig vor, als wollte sie mir zeigen, dass sie bereit war, mir zuzuhören.

»Natürlich, Charlotte«, sagte sie sanft, »du kannst mir alles erzählen. Ich bin hier, um dir zuzuhören.« Diese einfachen Worte gaben mir den Mut, weiterzusprechen. »Es geht um meine Familie. In letzter Zeit ist so viel passiert, und ich fühle mich oft überfordert und allein damit.« Ich spürte, wie sich Tränen in meinen Augen sammelten, aber ich zwang mich, weiterzureden. »Weißt du, Giulia, es ist so kompliziert. Es geht um meine Beziehung zu Werner. Wir hatten in letzter Zeit einige Probleme, und ich weiß einfach nicht, wie es weitergehen soll.«

Sobald die Worte ausgesprochen waren, fühlte ich mich etwas unwohl. Ich hatte das Bedürfnis, mein Innerstes mit Giulia zu teilen, aber gleichzeitig wusste ich, dass es unangemessen sein könnte, sie so direkt in meine privaten Angelegenheiten hineinzuziehen. Vielleicht hatte sie keinen Raum für meine Probleme, oder vielleicht wollte sie ihre eigene Ruhe bewahren. Ich blickte verlegen zur Seite, unsicher, ob ich zu weit gegangen war.

Giulia schaute mich jedoch weiterhin geduldig an. Ihre ruhige Präsenz ermutigte mich, fortzusetzen. Vielleicht war sie daran gewöhnt, dass sich Menschen in ihrer Gegenwart öffneten, oder vielleicht war sie einfach einfühlsam genug.

Trotz meiner Unsicherheit fühlte ich mich ein wenig erleichtert, meine Probleme in Worte zu fassen, als wären sie weniger belastend, sobald sie ausgesprochen wurden. Ein Teil von mir wollte sich für diese Offenheit entschuldigen, doch ein anderer Teil erkannte, dass ich dringend einen Raum brauchte, um meine Verwirrung zu klären.

Allerdings stellte ich fest, dass es schwieriger war als gedacht, mein Beziehungschaos in Worte zu fassen, ohne meine ganze Lebensgeschichte auszubreiten. Immerhin waren Werner und ich schon fast 20 Jahre zusammen. Das war mehr als die Hälfte meines bewussten Lebens. Ich versuchte, mein Problem in nur wenigen Sätzen zu erklären, doch es war wie ein riesiger Knäuel, den man entwirren musste.

»Giulia, bei Werner ist es immer so ein ständiges Hin und Her«, erklärte ich, wobei ich versuchte, meine Gefühle, die sich aufgestaut hatten, zu ordnen, ohne zu tief ins Detail zu gehen. »Einen Tag redet er von einem Neuanfang, am nächsten scheint er schon wieder abwesend oder unbeteiligt zu sein. Manchmal frage ich mich, ob er wirklich weiß, was er will, oder ob ich nur Teil seiner emotionalen Achterbahnfahrt bin. Es ist, als würde er mit meinen Gefühlen spielen, ohne selbst zu verstehen, wie sehr mich das durcheinanderbringt.« Giulia sah mich mitfühlend an: »Das tut mir leid zu hören. Beziehungsprobleme können wirklich schwer sein. Aber manchmal ist es wichtig, offen darüber zu sprechen und gemeinsam nach Lösungen zu suchen.«

Mir tat es gut, einfach den Namen »Werner« auszusprechen, ohne das Gefühl zu haben, dass mir sofort der Himmel auf den Kopf fällt. Ich vermutete, dass auch Giulia offenbar ihre eigenen Geschichten von gescheiterten Beziehungen hatte. Sie strahlte eine Ruhe aus, die ich bewunderte, aber dahinter lag auch etwas Tiefgründiges. Trotz der scheinbaren Gelassenheit wirkte sie auf mich wie jemand, der viel erlebt und durchlebt hatte und dadurch weise und reflektiert geworden war.

Bevor ich jedoch bereit war, mehr über mein chaotisches Leben zu erzählen, versuchte ich, meine düsteren Gedanken mit einem Scherz zu mildern. Ich zog eine Augenbraue hoch und lächelte leicht. »Bevor ich anfange, meine Lebensgeschichte zu erzählen, sollte ich vielleicht eine Warnung aussprechen. Wenn mein Leben eine TV-Serie wäre, würden die Zuschauer wahrscheinlich denken, dass die Drehbuchautoren betrunken sind«, scherzte ich. »Du hast wirklich eine erstaunliche Fähigkeit, das Leben mit einer Prise Humor zu nehmen«, sagte sie, ihre Augen funkelten leicht, obwohl ich einen Anflug von

Traurigkeit dahinter zu erkennen glaubte. Es war klar, dass sie selbst durch einige schwierige Zeiten gegangen war, auch wenn sie nicht darüber sprach.

»Ich glaube, Humor ist manchmal das beste Schutzschild gegen all die Dinge, die uns das Leben entgegenwirft«, sagte sie. »Es ist eine Art zu sagen: ›Ich lasse mich von den Problemen nicht unterkriegen.‹ Vielleicht ist das der Schlüssel, um durch die harten Zeiten zu kommen.«

Sie lehnte sich zurück und nahm einen Schluck Tee, während sie nachdenklich wirkte. »Es ist bewundernswert, wie du das machst«, fügte sie hinzu. »Ich wünschte, ich könnte manchmal so locker sein wie du. Ich neige dazu, die Dinge viel zu ernst zu nehmen.«

Das war für mich eine unerwartete Wendung. Hier war jemand, der mich dafür bewunderte, dass ich das Leben mit Humor nahm, während ich eigentlich dachte, ich würde damit nur meine Unsicherheiten überdecken. Es war fast so, als hätte Giulia hinter meinen Scherzen etwas Echtes erkannt. Das war irgendwie beruhigend, aber auch ein wenig beängstigend, weil ich nicht genau wusste, wie sie das geschafft hatte.

Giulia bemerkte meine Verwirrung, und es schien, als hätte sie instinktiv verstanden, was in mir vorging. Sie begann genauso wie ich, offen über sich selbst zu sprechen. Ihre Worte wirkten vorsichtig, fast zögerlich, als hätte sie lange gelernt, ihre Gefühle unter Verschluss zu halten. Aber ich konnte in ihren Augen eine Spur von Erleichterung sehen, als sie sich schließlich entschloss, ihre eigene Maske abzulegen.

»Ich rede nicht oft über mein Leben«, gestand sie mit einem leichten Achselzucken. »Es ist einfacher, alles für sich zu behalten und so zu tun, als wäre alles in Ordnung. Aber manchmal kann das ziemlich einsam werden.« Sie hielt kurz inne und fuhr dann leise fort: »Wenn man nicht über das spricht, was in einem vorgeht, baut man Mauern um sich herum. Diese Mauern schützen zwar vor Verletzungen, aber sie halten auch Menschen fern, die einem nahe sein wollen. Und irgendwann merkt man, dass man selbst für die, die man liebt, unerreichbar geworden ist.« Sie schaute mich an, als ob sie nach Bestätigung suchte. »Vielleicht ist das genau der Moment, in dem ich auch meine eigene Geschichte teilen sollte.«

Ihre Worte klangen so, als wäre sie unsicher, ob sie sich mir anvertrauen sollte. Aber ich konnte auch sehen, dass sie sich sehnte, die Einsamkeit zu durchbrechen und mit jemandem zu reden, der außerhalb ihres inneren Kreises stand. Es fühlte sich an, als ob wir beide am selben Punkt in unserem Leben angekommen waren: dem Bedürfnis, uns jemandem zu öffnen, ohne das Risiko des Verurteilt-Werdens.

Vielleicht war das unsere Chance, eine echte Verbindung zu knüpfen, ohne die Last der Vergangenheit oder die Erwartungen der Gesellschaft. Ich merkte, dass sich eine Art stille Übereinkunft zwischen uns entwickelte. Wir waren bereit, unsere Sorgen und Ängste zu teilen, weil wir wussten, dass die andere ebenso verletzlich war. Es war beruhigend zu wissen, dass ich nicht allein war, und Giulia schien ähnlich zu empfinden.

»Ja«, sagte ich, meine Gedanken in Worte fassend, »vielleicht ist das wirklich unsere Chance, jemanden zu finden, mit dem wir über unsere Probleme reden können, ohne dass wir uns für unsere Schwächen schämen müssen.«

Ich wollte nicht, dass mein Werner-Wirrwarr das Gespräch in eine andere Richtung lenkte. Giulia schien bereit zu sein, sich zu öffnen, und ich wollte diesen Moment nicht zerstören. Ein geschickter Themenwechsel war meine Art, sie aus ihrer Reserve zu locken und das Vertrauen zu festigen. »Giulia«, begann ich, »ich bin neugierig auf deine Geschichte. Du bist immer so ruhig und geheimnisvoll, aber ich habe das Gefühl, dass hinter dieser Fassade eine Menge interessanter Dinge passieren.«

Giulia sah mich an, als ob sie überlegte, wie viel sie wirklich preisgeben sollte. Dann lächelte sie leicht und begann zu erzählen. Vielleicht würde ich durch ihre Erzählungen nicht nur mehr über sie erfahren, sondern auch Antworten auf die Fragen finden, die mich so verunsicherten.

Ich spürte, dass unser Gespräch eine neue Wendung nahm. Während Giulia ihre Geschichte entfaltete, konnte ich mich zurücklehnen und beobachten, wie sich die Dinge entwickelten.

Vielleicht war dies der Moment, den ich gebraucht hatte, um von meinen Sorgen den nötigen Abstand zu gewinnen.

KAPITEL 3

Zwischen Abenteuer und Alltag

Giulia setzte ihre Teetasse auf den kleinen Tisch neben dem Sofa und richtete sich auf, als würde sie sich auf eine Prüfung vorbereiten. Ihr Lächeln hatte einen Hauch von Ironie, als sie begann zu erzählen: »Seit meiner Kindheit habe ich die Sehnsucht, wie Indiana Jones die Welt zu bereisen. Ich stelle mir manchmal vor, wie ich mit Hut und Peitsche durch den Dschungel renne, auf der Suche nach verlorenen Schätzen und uralten Tempeln«, sagte sie mit einem schelmischen Grinsen. »Allerdings«, fuhr sie fort, »würde ich wahrscheinlich in Ohnmacht fallen, sobald ich auf eine Horde Schlangen stoße.«

Ihre Worte klangen humorvoll, aber ich konnte spüren, dass unter der Ironie eine echte Sehnsucht nach Abenteuer lag. Sie sah mich an und zuckte mit den Schultern. »In Wirklichkeit bin ich nicht einmal gut darin, eine Spinne aus dem Haus zu bringen. Die Idee von furchtlosen Abenteuern ist also wohl nur ein schöner Traum.«

Ich lachte, aber ich konnte auch sehen, dass Giulia sich in ihrem Alltag vielleicht ein wenig eingeengt fühlte. Ihre Fantasien von exotischen Reisezielen und wilden Expeditionen spiegelten eine Sehnsucht wider, die viele von uns empfinden, aber nur wenige wagen zu verfolgen. Vielleicht war das der Grund, warum sie so zurückhaltend wirkte, vielleicht verbarg sie unter ihrer ruhigen Fassade ein starkes Verlangen nach einem anderen Leben.

Giulia fuhr fort: »Aber am Ende des Tages ist es doch auch irgendwie schön, nach Hause zu kommen und zu wissen, dass ich nicht um mein Leben rennen muss. Ich meine, Indiana Jones hatte immer seine Abenteuer, aber ich bezweifle, dass er sich jemals einfach auf ein gemütliches Sofa setzen und einen Kräutertee trinken konnte.« Sie zwinkerte mir zu, und ich konnte das Lächeln nicht zurückhalten.

Ihre Selbstironie und ihre humorvolle Art wirkten wie ein frischer Wind, der eine Leichtigkeit in den Raum brachte. Während sie sprach, wurde mir klar, dass wir beide auf ähnliche Weise nach etwas suchten, das auf den ersten Blick widersprüchlich erschien: Freiheit und Sicherheit.

Freiheit, so dachte ich immer, bedeutete, die Zügel des Lebens selbst in die Hand zu nehmen, ohne Rücksicht auf Erwartungen oder gesellschaftliche Normen. Es war ein Zustand, in dem man sich von allen Zwängen löst, um das zu tun, was man wirklich will. Doch genau das machte mir Angst. Denn was, wenn diese Freiheit auch bedeutete, die Struktur des Alltags zu verlieren, die mich vor dem Unbekannten schützte? Das Gewohnte brachte mir das Gefühl, dass alles seinen Platz hatte, dass ich mich auf etwas verlassen konnte. Doch je mehr ich darüber nachdachte, desto mehr fragte ich mich, ob diese Art der Sicherheit nicht auch eine unsichtbare Kette war, die mich daran hinderte, wirklich frei zu sein. War es möglich, beides zu haben? Oder war ich dazu verdammt, mich zwischen dem einen oder dem anderen entscheiden zu müssen?

Vielleicht war dieser Gegensatz, den ich in meinem Kopf so klar gezogen hatte, gar nicht so unverrückbar. Vielleicht war Freiheit nicht das Gegenteil von Sicherheit, sondern vielmehr eine andere Form davon. Vielleicht lag die wahre Sicherheit nicht darin, sich an das Bekannte zu klammern, sondern darin, den Mut zu haben, sich dem Unbekannten zu stellen. In der Freiheit zu wissen, dass ich die Stärke habe, mit dem umzugehen, was auch immer das Leben mir bringt.

Giulia und ich suchten am Ende des Tages gar nicht so unterschiedliche Dinge. Vielleicht war es der gleiche innere Wunsch, der uns beide antrieb: die Sehnsucht nach einem Leben, das sowohl frei als auch sicher ist – ein Leben, in dem wir uns nicht zwischen den beiden entscheiden müssen, sondern beides in einer harmonischen Balance finden können.

Ich fragte Giulia, ob es nur die Angst vor Spinnen war, die sie davon abhielt, auf eine Abenteuerreise zu gehen, oder ob es noch andere Gründe gab. Sie zögerte, als sie antwortete, als würde sie etwas in sich suchen. »Nun, es ist nicht nur das«, begann sie nachdenklich. »Es gibt einige Menschen, die auf mich zählen, die ich nicht enttäuschen möchte.«

Sie hielt inne, als ob sie ihre nächsten Worte sorgfältig wählen wollte. »Ich habe schon einmal eine lange Reise gemacht. Während dieser Reise hatte ich oft das Gefühl, andere im Stich zu lassen, auch wenn sich niemand direkt bei mir beschwert hatte. Irgendwie war ich mir nicht sicher, ob es in Ordnung war, einfach wegzugehen.«

Giulia sah in die Ferne, als würde sie sich an diese Zeit erinnern. »Aber diese Reise war lebensverändernd für mich. Sie hat mir so viel über mich selbst und die Welt gezeigt. Trotz der Zweifel und des Schuldgefühls möchte ich diese Erfahrung nicht mehr missen. Sie hat mich zu der Person gemacht, die ich heute bin.«

Giulia hatte wahrscheinlich diese Art von Verantwortungsbewusstsein, das oft schwer wiegt, wenn man das Gefühl hat, ständig für andere da sein zu müssen. Sie wirkte nachdenklich, als sie fortfuhr: »Ich glaube, wenn ich einfach alles stehen und liegen lassen würde, wäre das egoistisch. Es gibt Leute, die mich brauchen. Ich kann sie nicht im Stich lassen, nur weil ich eine Abenteuerreise machen möchte.«

Ihre Worte klangen überzeugend, doch ich hörte auch einen Hauch von Resignation. »Vielleicht ist es egoistisch, sich einmal im Leben um sich selbst zu kümmern?«, sagte sie leise, fast als ob sie diese Frage mehr an sich selbst richtete. »Aber ist das wirklich so falsch?«, fügte sie hinzu und lächelte schwach. In ihren Augen merkte ich einen Funken der Sehnsucht, endlich mehr für sich selbst zu tun.

Dieser Moment fühlte sich so schwer und nachdenklich an, dass ich das Bedürfnis verspürte, die Stimmung ein wenig aufzulockern. Giulia hatte mir doch erzählt, dass sie das Leben oft zu ernst nahm, und ich wusste, dass ein Scherz genau das Richtige sein könnte, um die Schwere zu nehmen. Humor war vielleicht nicht meine größte Stärke, aber blöde Witze? Damit konnte ich auftrumpfen, auch wenn ich oft die Einzige war, die darüber lachte.

Ich grinste und sagte: »Weißt du, Giulia, vielleicht sollten wir einfach einen offiziellen Feiertag erfinden. Ich nenne ihn ›Lady Couch Potato Day‹. Ein Tag, an dem wir ganz offiziell auf der Couch liegen und nichts tun.« Giulia blinzelte mich an, überrascht von der plötzlichen Wendung, bevor sie in Lachen ausbrach. »Lady Couch Potato Day? Klingt wie der beste Feiertag aller Zeiten! Ich stelle mir endlose Serienmarathons und kiloweise Chips vor.« Ich nickte ernst, als wäre ich mitten in einer wichtigen Diskussion. »Genau! Und niemand würde sich schuldig fühlen, weil es ja ein Feiertag ist.« Giulia kicherte, ihre Augen leuchteten jetzt wieder. »Ich wäre sofort dabei. Vielleicht sollten wir das wirklich offiziell vorschlagen. Wir könnten sogar ein Hashtag daraus machen!«

Der Scherz hatte die Stimmung gewendet, doch plötzlich schoss mir wieder Werner in den Kopf. Ein scharfer Stich durchfuhr mein Herz, und ich fühlte, wie sich ein Knoten in meinem Magen bildete. Was war nur gestern Abend passiert? Ich war noch nicht bereit, mich dieser Frage zu stellen.

Ein Ablenkungsmanöver schien mir jetzt genau richtig. Also lenkte ich meine Gedanken von Werner weg und hin zu dem, was ich mir wirklich ersehnte. Ich wusste, dass Giulia davon träumte, wie Indiana Jones durch die Welt zu reisen und Abenteuer zu erleben, aber was wollte ich eigentlich? Ich konnte nicht anders, als Giulia für ihre Träume zu beneiden. Sie hatte etwas, wofür sie lebte, etwas, das sie antreiben konnte. Ich selbst hatte schon lange nicht mehr an meine eigenen Träume gedacht, und wenn ich versuchte, sie zu erfüllen, endeten sie doch immer im Chaos.

»Ich wünschte, ich könnte auch träumen«, sagte ich leise, mehr zu mir selbst als zu ihr. »Es ist so lange her, dass ich an meine Träume geglaubt habe. Jedes Mal, wenn ich es versuche, scheitert alles und ich stehe wieder am Anfang.« Giulia sah mich mitfühlend an. »Charlotte, es ist nie zu spät, an seine Träume zu glauben. Auch wenn es schwer ist und manchmal chaotisch endet, sind es doch diese Träume, die uns zeigen, was wir wirklich wollen. Sie geben unserem Leben Richtung und Bedeutung. Gib nicht auf, auch wenn der Weg steinig ist. Manchmal führen uns gerade die Umwege und Schwierigkeiten zu den schönsten Zielen.«

Ich erinnerte mich kurz an mein letztes Abenteuer, das so schlecht ausgegangen war. Die Reise, die mir so viel Hoffnung und Aufregung gebracht hatte, endete in Enttäuschung und Verletzung. Seitdem hatte ich mir geschworen, vorsichtiger zu sein und riskante Unternehmungen zu vermeiden. Diese bittere Erinnerung ließ mich erkennen, dass Abenteuer nicht immer mit Reisen oder außergewöhnlichen Erlebnissen verbunden sein müssen. Vielleicht sollte ich den Gedanken, ständig Neues und Aufregendes zu suchen, lieber lassen. Stattdessen könnte ich mich darauf konzentrieren, inneren Frieden und Zufriedenheit zu finden, ohne die Angst vor erneutem Scheitern. Ja, vielleicht war das mein neues Abenteuer: ein ruhigeres, selbstreflektiertes Leben zu führen und herauszufinden, was mich wirklich glücklich macht. Ein Weg, den ich bisher noch nicht gegangen war, der aber vielleicht der lohnendste von allen sein könnte.

Ich atmete tief ein und versuchte mich, an meine Träume aus meiner Kindheit zu erinnern: »Als kleines Mädchen träumte ich davon, wie mein Papa in meinem eigenen Apothekerlabor mit Kräutern zu experimentieren«, sagte ich zu Giulia. »Ich war fasziniert von den großen Destillationsapparaturen und wie er auf der einen Seite Blätter hineingab und auf der anderen Seite ein wohlriechendes Elixier herauskam.« Giulia nickte verständnisvoll, als ich weiterredete: »Aber dann hat meine Mutter diesen Traum zunichte gemacht. ›Werde nicht wie dein Vater‹, sagte sie. ›Mach lieber etwas Lustiges!‹ Und so landete ich schließlich im Wirtschaftsstudium.«

Meine neue Freundin hob eine Augenbrauc. »Wirtschaft? Das klingt nun wirklich nicht nach Spaß.« Ich verdrehte die Augen. »Geniale Entscheidung, oder?« Sie lachte leise. »Vielleicht hast du zumindest gelernt, wie man Geld zählt.« Ich grinste. »Ja, aber leider nicht, wie man glücklich wird.«

Giulia schmunzelte. »Ach, Eltern meinen immer, sie wüssten, was am besten für uns ist. Doch manchmal vergessen sie, dass wir auch eigene Träume haben.« Ich seufzte verständnisvoll, während sie sprach, aber dann sah ich, wie sich ihr Gesichtsausdruck plötzlich veränderte. Die Heiterkeit verschwand aus ihren Augen, und sie schien sich von einem Moment auf den anderen in Gedanken zu verlieren. Vielleicht bildete ich es mir nur ein, aber es schien, als hätte sie gerade einen unangenehmen Erinnerungsfetzen durchlebt. Ich fragte mich, was diese plötzliche Veränderung ausgelöst hatte. Sollte ich nachfragen oder den Moment einfach verstreichen lassen? Bevor ich entscheiden konnte, ob ich das Thema ansprechen sollte, schüttelte Giulia leicht den Kopf, als wollte sie die düsteren Gedanken abschütteln. Sie lächelte wieder, aber dieses Mal wirkte es ein wenig gezwungen, als wollte sie den Schmerz hinter einer Maske verbergen. »Es ist einfach wichtig, dass wir unseren eigenen Weg finden«, sagte sie schließlich, wieder fröhlicher. »Egal, was andere von uns erwarten.«

Ich nickte und spürte eine Mischung aus Nostalgie und leiser Enttäuschung. Der Weg, den ich eingeschlagen hatte, war nicht der, den ich mir als Kind erträumt hatte. Und jetzt, nach all diesen Jahren, fragte ich mich, ob es zu spät war, diesen alten Traum wieder aufleben zu lassen. Aber dann dachte ich an meinen Vater und seine Leidenschaft für die Apotheke. Vielleicht war es nicht zu spät, sich neu zu orientieren. Vielleicht war es an der Zeit, die Erwartungen anderer abzulegen und herauszufinden, was ich wirklich wollte.

Giulia unterbrach meine Gedanken mit einer Frage: »Gab es später als Erwachsene nicht auch einen Wunsch, den du unbedingt erfüllen wolltest?« Ohne nachzudenken, platzte ich heraus: »Ja, Französisch! Die Sprache der Liebe wollte ich immer lernen.« Doch in dem Moment fiel mir die missliche Lage ein, in die ich mich kürzlich gebracht hatte. Französisch zu lernen war eine Sache, aber in Paris hatte ich mich in eine Situation gebracht, die ich lieber in die hintersten Winkel meines Gedächtnisses verbannen wollte, sodass ich nie mehr daran denken musste.

Mein Gesicht lief rot an, und ich wusste, ich musste das Thema schnell wechseln. Also sagte ich, halb ernst, halb scherzhaft: »Naja, dann habe ich mich für Italienisch entschieden, weil ich dachte, wenn ich schon kein Französisch sprechen kann, will ich wenigstens reichlich Pasta essen können!« Giulia lachte herzlich. »Das ist ein sehr vernünftiger Ansatz. Wer kann schon einer guten Pasta widerstehen?«

Ihr Humor war ansteckend, und ich fühlte, wie die Anspannung in mir ein wenig nachließ. Manchmal braucht es nur ein bisschen Leichtigkeit, um unangenehme Erinnerungen zu überdecken und den eigenen Stolz zu bewahren.

Wir saßen beide nun schweigend auf dem roten Sofa, jede in ihre eigenen Gedanken versunken. Der Tee war längst abgekühlt, und die Luft über der Tasse war still. Meine Gedanken hatten sich ebenso verflüchtigt, so wie der Dampf, der sich eben noch gekräuselt hatte. Ich wusste nicht, wie ich das Gespräch in eine tiefere Richtung lenken sollte, ohne zu viel von mir preiszugeben. Giulia schien ebenso vorsichtig, als ob sie nicht zu viel von sich enthüllen wollte.

»Manchmal frage ich mich, was es bedeutet, ein gutes Leben zu führen«, sagte ich schließlich, meinen Blick auf meine Tasse gerichtet. »Ich habe immer versucht, alles richtig zu machen – für meine Familie, meinen Job, für Werner. Aber am Ende des Tages fühle ich mich oft leer.«

Giulia nickte, während sie ihre Tasse drehte. »Ich verstehe, was du meinst. Ich habe auch immer versucht, es allen recht zu machen. Familie und Freunden. Aber irgendwann fragt man sich, ob das wirklich der richtige Weg ist.« Ich lächelte leicht, aber es fühlte sich müde an. »Ich habe das Gefühl, ich spiele seit Jahren eine Rolle, die nicht wirklich zu mir passt. Die perfekte Ehefrau, die perfekte Mutter, und jetzt...«, ich musste innehalten, denn die aufkommenden Tränen schnürten mir den Hals zu. »...löst sich gerade alles irgendwie auf. Und wer bin ich jetzt? Ich weiß es nicht mehr.«

Mit einem Seufzer stellte Giulia ihre Tasse ab, bevor sie sich mit leicht erhobenem Kinn zurücklehnte, als wolle sie sich sammeln. »Ich wollte immer die Welt bereisen, Abenteuer erleben wie Indiana Jones«, sagte sie. »Aber dann dachte ich, ich kann nicht einfach alles stehen und liegen lassen. Was würden die anderen denken? Sie würden mich bestimmt für egoistisch halten, und ich wollte niemanden enttäuschen.«

Als sie das sagte, so schien es mir, achtetet sie darauf zu lächeln und ihre positive Haltung nicht zu verlieren, als ob sie damit ihre Unsicherheit kaschieren wollte. Ich dagegen tat so, als hätte ich mein Leben immer unter Kontrolle und jede Hürde locker überwinden können. Wir kamen aus völlig unterschiedlichen Welten, aber uns beide vereinte die gleiche tief verwurzelte Angst: die Angst, nicht zu genügen und die Erwartungen anderer nicht zu erfüllen. »Genau!«, sagte ich und richtete mich auf. »Wir setzen uns ständig unter Druck, weil wir Angst haben, was andere denken. Und so verpassen wir das Leben, das wir eigentlich führen wollen.« Giulia nickte zustimmend, und für einen Moment war es still im Raum.

Es fühlte sich an, als hätten wir beide eine kleine Tür geöffnet, die zu einem besseren Verständnis führte.

Vielleicht lag das wahre Abenteuer nicht darin, die Welt zu bereisen, sondern darin, im Alltäglichen den Mut zu finden, sich selbst zu entdecken.

KAPITEL 4

Der Weg zur Selbstentdeckung

Nachdem Giulia und ich bemerkten, dass wir beide jahrelang versucht hatten, uns in eine Rolle zu fügen, die uns gar nicht entsprach, spürte ich eine enorme Erleichterung, damit nicht alleine zu sein. Wie viel Energie hatte ich darauf verwendet, in meinen Beziehungen und im Beruf perfekt zu sein?

Giulia bemerkte meine Nachdenklichkeit und sah mich aufmerksam an. »Du scheinst eine starke und entschlossene Frau zu sein, Charlotte. Wie kommt es, dass du es auch allen recht machen willst?« Ich seufzte: »Ich bin die Königin des Rechtmachens«, sagte ich, »und ich habe es so satt. Werner hat immer darauf bestanden, dass ich perfekt bin, nicht nur äußerlich, sondern in allem, was ich tue. Ich hab´s versucht, wirklich, aber es wird nie genug sein. Und das Schlimmste ist, dass ich mich dabei selbst verliere.«

Giulia nickte verständnisvoll. »Ja, das kenne ich. Der Druck, Erwartungen zu erfüllen, ist überwältigend. Aber es ist mutig, sich dagegen zu wehren, auch wenn man sich dabei manchmal allein fühlt.« »Mutig, vielleicht«, antwortete ich mit einem schwachen Lächeln. »Aber es ist auch anstrengend. Ich denke an Werner, und ich frage mich, ob ich das wirklich durchhalte. Was, wenn ich am Ende nur enttäusche, weil ich nicht das Bild erfülle, das sie von mir haben?«

Um mich zu beruhigen, legte Giulia ihre Hand auf meine Schulter. »Es ist in Ordnung, du selbst zu sein. Und manchmal bedeutet das, Menschen zu enttäuschen. Aber das ist besser, als sich selbst zu verlieren, nur um anderen zu gefallen.«

Ihre Worte klangen zu schön, um wahr zu sein. »Ja, aber wie kann man anderen gerecht werden, ohne sich selbst zu verlieren?«, fragte ich zweifelnd. Meine Erschöpfung war nicht zu überhören.

Giulia setzte ihre Tasse auf den Tisch und schaute mich mitfühlend an. »Charlotte, du klingst, als hättest du einfach genug von allem«, sagte sie leise. »Ich frage mich«, murmelte ich mehr zu mir selbst, »wie man diesen Kreislauf durchbricht.« »Ich verstehe, was du meinst«, antwortete Giulia nachdenklich. »Es ist, als wäre man ständig in einem Rennen und wäre sich nicht sicher, ob man überhaupt auf der richtigen Strecke ist.« Begeistert von ihrem Vergleich nickte ich: »Genau, Giulia! Ist es denn möglich, für sich selbst einzustehen, ohne das Gefühl zu haben, dass man die anderen im Stich lässt?«

Meine Freundin runzelte die Stirn, als sie über meine Frage nachdachte. »Vielleicht ist es möglich, ein Gleichgewicht zu finden«, sagte sie nach einer Weile. »Was, wenn wir herausfinden, wie man das tut? Wie wir unser Leben gestalten können, ohne ständig unter Druck zu stehen, alles perfekt zu machen?« Ihre Worte brachten mir neue Hoffnung. »Vielleicht«, sagte ich, »vielleicht ist es möglich, diesen Weg zu finden.« Die Anspannung in meinem Körper ließ langsam nach. »Eine Art »Glücksformel?«, fragte ich. »Eine Balance zwischen Selbstfürsorge und den Erwartungen der anderen. Wenn wir das schaffen, wäre das ein echter Durchbruch.« Ich dachte meinen Gedanken laut weiter. Giulia lächelte. »Vielleicht ist es an der Zeit, einen Versuch zu starten,«, schlug sie vor, »um herauszufinden, was uns wirklich glücklich macht und wie wir das in unser Leben integrieren können.« Ich lächelte zurück. »Ein Weg, um endlich das Leben zu führen, das wir wirklich wollen?«, fragte ich mich nachdenklich. »Das klingt nach einem Plan!«, rief ich enthusiastisch aus.

»Genau!«, Giulia war ebenso begeistert wie ich. »Wir hören auf, jemand anderes sein zu wollen, und werden einfach wir selbst.«

Durch unsere gemeinsame Begeisterung fühlte es sich für mich so an, als hätte ich endlich einen Weg gefunden, aus dem Labyrinth meines Lebens auszubrechen. Ein Weg, um mein Glück zu finden. Das klang aufregend und völlig neu für mich. Doch genauso schnell wie diese Euphorie kam, war sie auch schon wieder weg.

Ich wollte mir nichts vormachen. »Giulia, ich war schon so lange jemand anderes, dass ich nicht mal mehr weiß, wer ich wirklich bin. Vielleicht existiert dieses Ich gar nicht mehr«, sagte ich leise, als hätte ich Angst, meine eigenen Worte würden alles zum Stillstand bringen.

»Che mucchio di spazzatura!« Giulia entgegnete das mit einem breiten Grinsen, das so ansteckend war wie das von Julia Roberts. »So ein Unsinn, Charlotte!« Der Abstand zwischen ihren Schneidezähnen erinnerte mich zwar an meine Mutter, aber Giulia lächelte auf eine ganz andere Weise, so herzlich und strahlend. Als ich versuchte, ihre Geste zu erwidern, brachte ich nur ein gequältes Grinsen zustande. Arme Giulia, sie hatte diesen Ballast nicht verdient. Doch ich meinte es ernst. Ich wusste nicht mehr, wer ich war, besonders seit Papas Tod. Meine Identität war mit ihm gegangen.

War es wirklich so einfach? Konnte ich einfach meine alten Gewohnheiten ablegen und mich nur noch auf das Glück konzentrieren? Mein Leben war seit Jahren ein einziges Chaos, und der Gedanke, dass es so einfach war, das alles zu ändern, machte mich skeptisch.

Giulia beobachtete mich aufmerksam, als ob sie genau spürte, wie ich innerlich hin und her gerissen war. »Du zweifelst, oder?«, fragte sie leise, ohne mich zu verurteilen. »Es ist okay, Charlotte. Veränderungen sind schwer, und es ist normal, sich unsicher zu fühlen.« Ich nickte. »Ich weiß. Aber was, wenn es nicht klappt? Was, wenn ich am Ende wieder genau da bin, wo ich angefangen habe? Ich habe so viele Fehler gemacht. Was, wenn ich mich selbst enttäusche?«

Meine Stimme klang plötzlich viel unsicherer, als ich wollte. Giulia schüttelte den Kopf. »Das ist der Punkt. Wir müssen aufhören, uns so viel Druck zu machen. Du bist nur ein

Mensch, und Menschen machen Fehler. Aber das bedeutet nicht, dass du nicht glücklich sein kannst. Es bedeutet nur, dass du lernen musst, dir selbst zu vergeben.«

Ihre Worte klangen vernünftig, aber ich konnte mich nicht ganz davon überzeugen lassen. Mein ständiger Begleiter, der Zweifel, war hartnäckig und ließ sich nicht so leicht abschütteln. Doch ich wusste, dass ich einen Schritt machen musste, wenn ich jemals vorankommen wollte.

Plötzlich wurde Giulia nachdenklich und sehr konzentriert. Mit ihrer feinfühligen Art bemerkte sie sofort, dass ich es ernst meinte. Ihr sonst so freudiges Lächeln verschwand, und ein ernsthafter Ausdruck trat an seine Stelle. Ihre Züge glätteten sich, als würde sie tief in Gedanken versinken. Sie legte ihre Hand ans Kinn, ihre Finger sanft über die Haut streichend, während sie ins Leere blickte. Ihre Augenbrauen zogen sich leicht zusammen, und ihre Lippen formten sich zu einer nachdenklichen Linie. Ich wollte sie nicht bei ihren Gedanken stören, also stand ich auf und spazierte langsam durch ihr Wohnzimmer. Zum Glück war mein Schwindel verschwunden, und auch die Kopfschmerzen waren durch unser Gespräch vergessen.

Vielleicht lag es auch an den Räucherstäbchen, die vor sich hin qualmten? Seltsam, früher dachte ich immer, dass ich von diesem esoterischen Qualm Kopfschmerzen bekam. In meiner Nähe gab es einen Laden, den ich mochte. Ich liebte diese coolen Armbänder, die mich an Hippiestrände und Surfen erinnerten. Obwohl ich diese Zeit nie erlebt hatte, stellte ich mir gerne dieses Gefühl der Freiheit vor, sich nicht so viele Gedanken machen zu müssen und sein zu dürfen, wie man ist. Verdammt, ich vermisste dieses Gefühl. Warum war ich immer so fixiert darauf, was andere von mir dachten? Jedenfalls konnte ich mir diese coolen Hippie-Armbänder in diesem Laden nicht kaufen, weil mich der Geruch der Räucherstäbchen benebelte. Aber auf eine unangenehme Art und Weise, als könnte ich die Kontrolle über mich verlieren.

Kontrolle ... Das Wort hallte in meinem Kopf wider, während ich an Werners Vorwurf dachte. Kontrollfreak – so hatte er mich oft genannt, fast schon beiläufig, als wäre es eine Tatsache, die keiner weiteren Erklärung bedurfte. Aber war da nicht doch mehr dran, als ich mir eingestehen wollte? Hatte er recht?

Ich konnte nicht leugnen, dass ich in vielen Aspekten meines Lebens nach Kontrolle strebte. Es gab mir Sicherheit, ein Gefühl der Stabilität in einer Welt, die oft chaotisch und unvorhersehbar schien. Doch was, wenn dieser Drang nach Kontrolle nur eine Fassade war, hinter der sich tiefe Selbstzweifel verbargen? Was, wenn ich die Kontrolle über jede Kleinigkeit an mich riss, weil ich insgeheim Angst hatte, dass mein wahres Ich nicht gut genug war?

Selbstzweifel nisteten sich in meine Gedanken ein, leise, aber hartnäckig, wie ein ungebetener Gast, den man einfach nicht loswird. Vielleicht war es genau dieses innere Chaos, das mich dazu brachte, nach einem Fixpunkt zu suchen, etwas, das ich kontrollieren konnte, wenn schon alles andere außer Kontrolle zu geraten schien.

Ich hatte nie wirklich eine Antwort darauf gefunden, warum ich ein Kontrollfreak geworden war. War es Werners Einfluss? Seine kritischen Blicke und herablassenden Bemerkungen, die mich immer wieder in eine Richtung drängten, die mir nicht entsprach? Vielleicht spürte ich tief in mir, dass diese Beziehung nicht gut für mich war, dass sie eine Unsicherheit in mir hervorrief, die mich dazu trieb, zumindest mein eigenes Leben fest im Griff zu haben. Manchmal wünschte ich mir, ich könnte diese übertriebene Selbstkontrolle einfach fallen lassen, wie ich es damals in Paris getan hatte. Einmal, nur einmal loslassen, frei von Erwartungen und Zwängen. Doch kaum hatte ich diesen Gedanken zugelassen, spürte ich den vertrauten Drang, ihn so schnell wie möglich auszuschalten. Da war sie wieder, diese Kontrolle, die sich fest in mir verankert hatte. Immer wieder drehten sich die gleichen Gedanken in meinem Kopf, und ich schaffte es einfach nicht, die Stopp-Taste zu finden. Ich war in einem endlosen Kreis gefangen.

Aus dem Augenwinkel nahm ich eine strahlende Figur wahr, die mich ganz plötzlich zu beruhigen schien. Eine kleine goldene Buddha-Statue, die auf einem antiken Holztisch stand, wirkte so friedlich und gelassen, als hätte sie die Antwort auf meine inneren Turbulenzen. Ihre ruhige Präsenz und die sanft flackernden Kerzenflammen zogen mich in ihren Bann. Das Flackern des Lichts ließ die goldene Farbe des Buddhas immer wieder aufblitzen. Auch diese kleine Statue hatte ein ansteckendes Lächeln wie meine italienische Gastgeberin. Sie strahlte unglaubliche Ruhe aus. Ich spürte, wie die Unruhe in mir nachließ und einem Gefühl der Gelassenheit Platz machte.

Als ich mich umsah, nahm ich das Wohnzimmer nun anders wahr als noch vor ein paar Stunden, als ich es zum ersten Mal betreten hatte. Der Raum wirkte jetzt viel persönlicher, als hätte sich seine Atmosphäre durch meine neu gewonnene Nähe zu Giulia verändert. Mein Blick schweifte über die weiteren spirituellen Accessoires wie Kräuterschalen und Kerzen, die Giulia liebevoll arrangiert hatte.

Vielleicht wollte sie sich damit immer wieder daran erinnern, dass sie ein wunderbares, schillerndes menschliches Wesen ist, das Würde und Liebe verdient. Wäre ihr dies schon bewusst, hätte sie diese konstruierte Stimmung nicht nötig; dieses Bewusstsein wäre bereits in ihr vorhanden.

Plötzlich fühlte ich mich durch meine wertenden, eigentlich abwertenden Gedanken schlecht. Wer war ich, dass ich über andere Menschen urteilen konnte? Giulia hatte zumindest eine Strategie, sich täglich an etwas zu halten, das ihrem Leben Sinn gab. Was tat ich? In meinem Kopf entstanden permanent Meinungen über andere Menschen, anstatt kurz innezuhalten und mich selbst zu beurteilen. Hatte ich Angst davor, mich einmal im Spiegel zu betrachten und die Charlotte hinter der Fassade zu erkennen? Ich urteilte über meine Mutter und über Werner, aber sie zeigten wenigstens ihr wahres Ich. Wahrscheinlich wussten sie sogar, dass sie unfair, oberflächlich und selbstverliebt waren.

Schon wieder tat ich es. Meine Gedanken kehrten zurück und boykottierten meinen Wunsch nach Ruhe. Sie drehten sich wie ein Karussell, immer wieder dieselben belastenden Gedanken. Schnell wandte ich mich wieder dem kleinen goldenen Buddha zu, um mich von seinem weisen Lächeln aus meinen düsteren Gedanken herauszuholen. Es half! Ich werde später in den Esoterik-Räucherstäbchen-Laden gehen und mir so eine kleine Statue zulegen.

»Wir machen eine Art wissenschaftliches Experiment!«, rief Giulia fröhlich zu mir herüber. Erschrocken drehte ich mich um. Meine neue Freundin saß auf ihrem roten Sofa und strahlte zu mir hinüber. Sie deutete mit einer kleinen Handbewegung an, dass der Platz neben ihr noch frei sei, und zwinkerte mir zu. Da war es wieder, ihr ansteckendes, schelmisches Lächeln.

Ich setzte mich zu ihr und war gespannt, was sie genau mit »Experiment« meinte. Eine aufregende Vorahnung erfüllte den Raum, und mein Herzschlag beschleunigte sich. Irgendetwas Großes stand bevor – und ich war bereit, mich darauf einzulassen.

KAPITEL 5

Unser wissenschaftlicher Ansatz fürs Glück

»Da du vielleicht eher die analytische Denkerin bist, dachte ich mir, wir starten ein wissenschaftliches Experiment«, sagte Giulia mit leuchtenden Augen und ich konnte ihre Begeisterung spüren. Ihr Enthusiasmus war ansteckend, und ich musste ebenfalls lächeln. Analytische Denkerin? Das klang irgendwie richtig und doch falsch zugleich. Ja, ich liebte es, Dinge zu durchdenken und zu analysieren, doch wenn ich ehrlich war, gab es in meinem Kopf oft ein wildes Chaos, das jeder Logik spottete. Eher eine analytische Denkerin mit chaotischen Tendenzen, dachte ich bei mir.

»Ja, das klingt spannend!«, gestand ich, während eine vertraute Aufregung in mir aufstieg wie damals in der Schule, wenn ein neues Projekt begann. Diese Momente, in denen alles möglich schien, hatten mir immer gefallen – zumindest bis der Druck des Schulsystems diese Freude erstickte. Zum Glück durchbrach Giulias Lebendigkeit die düsteren Kindheitserinnerungen und holte mich zu unserem »Experiment« zurück.

»Wir wollen herausfinden, wie man ein Glück erreicht, das nicht nur flüchtig, sondern beständig ist. Unsere zentrale Frage lautet: Was verhilft uns zu einem anhaltenden Glück?«, erklärte Giulia, während sie eine imaginäre Tafel vor uns beschrieb. »Zuerst stellen wir eine Vermutung an, eine Hypothese. Zum Beispiel könnten wir annehmen, dass die Qualität unserer sozialen Beziehungen – also wie tiefgehend und unterstützend unsere Freundschaften und familiären Bindungen sind – das Wohlbefinden und die Resilienz gegenüber den Herausforderungen des Lebens entscheidend verbessert.« Ich nickte, fasziniert von dieser neuen Perspektive.

»Dann kommen wir zum zweiten Schritt«, fuhr sie fort, »die Überprüfung, ob unsere Methode auch standhält. Das tun wir, indem wir die einzelnen Variablen ändern. Wir könnten beispielsweise unterschiedliche Arten von sozialen Interaktionen ausprobieren – wie tiefgehende Gespräche mit Freunden, gemeinsame Aktivitäten mit der Familie oder das Knüpfen neuer Kontakte – und dabei die Häufigkeit und Intensität dieser Begegnungen variieren, um ihre Auswirkungen auf unser Wohlbefinden und unsere innere Stärke zu messen.«

Giulia machte eine kurze Pause und schaute mich erwartungsvoll an. »Der dritte und letzte Schritt ist die Validierung. Ist unsere Annahme in verschiedenen Lebensbereichen tatsächlich zutreffend und förderlich für unser Wohlbefinden?« Sie war nun nachdenklicher. »Wenn wir herausfinden, dass unsere Methode uns langfristig tatsächlich ein besseres Gefühl verschafft, haben wir etwas Wertvolles entdeckt.« »Das bedeutet, wir sollten unterschiedliche Aspekte unseres Lebens testen«, fügte sie hinzu. »Zum Beispiel könnten wir auch verschiedene Aktivitäten wie sportliche Betätigung oder kreative Hobbys ausprobieren und beobachten, wie sich diese auf unser Wohlbefinden auswirken. Indem wir die verschiedenen Variablen erforschen, können wir herausfinden, welche spezifischen Faktoren uns wirklich glücklich und zufrieden machen.«

Ihre sorgfältige Planung und der strukturierte Ansatz faszinierten mich. »Ich finde die Idee großartig«, sagte ich begeistert. »Es ist wie ein Abenteuer auf wissenschaftlicher Basis. Wir erforschen das Unbekannte, aber mit einem klaren Ziel vor Augen.«

Giulia lächelte zufrieden. »Genau! Und selbst wenn wir auf dem Weg feststellen, dass manche Hypothesen nicht funktionieren, haben wir dennoch etwas gelernt.«

Ich war überrascht, wie schnell Giulia auf die Idee eines Plans gekommen war. Sie schien sich mit wissenschaftlichen Methoden auszukennen, was ich nicht erwartet hatte. Bisher war sie für mich einfach nur die freundliche, etwas geheimnisvolle Nachbarin, die selten über sich selbst sprach. War sie etwa auch ein verborgenes Genie im Umgang mit Experimenten? Vielleicht hatte sie ja schon vorher eigene Glücksexperimente durchgeführt.

Trotz meines Enthusiasmus kamen natürlich wieder Zweifel auf und meine negativen Gedanken. Was, wenn das alles nur leere Worte waren? Ich hatte so oft erlebt, wie gute Ideen im Sand verliefen, und ich wollte nicht erneut enttäuscht werden.

Aber Giulia wirkte entschlossen, und ihr Engagement war ansteckend. Sie sprühte vor Energie. Sie ließ sich von meinem skeptischen Blick nicht entmutigen und ihre Augen glänzten.

Sie holte aus der alten Kommode einen Notizblock in einem schönen dunkelbraunen Ledereinband und fuhr fort: »Als Material benötigen wir nur etwas zum Schreiben. Als Variable nehmen wir zunächst unsere persönlichen Erfahrungen. Es ist jetzt Freitag, der 30. April, 2:30 Uhr! Unser Experiment zur Entschlüsselung des Geheimnisses des Glücks startet. Sie legte mit stolzer Miene das Notizbuch auf den Couchtisch, auf dem die Kerzen schon halb abgebrannt waren und das Wachs sich langsam auf dem Holzteller verteilte.

Giulias Geste führten mich zurück zu meiner Diplomarbeit aus dem Wirtschaftsstudium, die mir wie ein Spiegelbild meines Lebens erschien. Der Titel lautete: »Die Dynamik der Verbraucherpräferenzen: Eine empirische Analyse«. Zu Beginn war die Diplomarbeit ein Chaos – genauso chaotisch wie mein Leben damals. Die größte Herausforderung bestand darin, komplexe ökonomische Modelle mit realen Daten zu verbinden, die sich einfach nicht so fügsam zeigten wie in den Lehrbüchern. Mein Talent, Kaffeebecher über wichtige Dokumente zu schütten, und meine Unfähigkeit, vor 10 Uhr morgens produktiv zu sein, machten die Sache nicht leichter. Ich erinnere mich an Nächte, in denen ich um 3 Uhr morgens mit zerzausten Haaren und einem Blick zwischen Verzweiflung und Wahnsinn vor meinem Laptop saß, während die Worte einfach nicht fließen wollten. Trotz des Chaos gelang es mir irgendwie, die Arbeit abzuschließen. Mit Interviews und Fragebögen versuchte ich, die subjektiven Erfahrungen der Verbraucher zu erfassen. Der Prozess war eine Mischung aus Herausforderung und Erleuchtung, wobei die Daten mehr an ein künstlerisches Chaos als an präzise Wissenschaft erinnerten. Doch am Ende hatte ich ein halbwegs verständliches Bild erstellt. Diese Diplomarbeit war nicht nur eine wissenschaftliche Aufgabe, sondern auch ein Symbol für meinen Versuch, Ordnung und Kontrolle in einem wirren und unvorhersehbaren Leben zu schaffen. Vielleicht war mein Bedürfnis nach Kontrolle nur ein verzweifelter Versuch, mich in einer Welt zu behaupten, die ich nie ganz verstand.

»Erfahrungen als Variable zu verwenden, ist schwierig, Giulia. Sie sind subjektiv und schwer zu bemessen«, sagte ich. »Aber ja, in einem psychologischen Experiment werden doch auch Teilnehmer befragt und bestimmte Interventionen verglichen. Wir sollten mit einer Frage beginnen und uns dann eine Methode überlegen.« »Charlotte«, begann Giulia mit einem leichten Lächeln und ohne lange zu überlegen, »lass uns doch mal sehen, was dir wirklich Freude bereitet. Was sind die Momente oder Dinge, die dich tief im Inneren berühren und dir ein Gefühl von Glück schenken?«

So schnell konnte ich diese Frage nicht beantworten. Das war komplex! Hatte ich mir eigentlich ernsthaft Gedanken darüber gemacht, was mich wirklich glücklich macht oder wie sich Glück für mich anfühlt? Klar, ich wusste, was meine Kinder glücklich macht, aber mich selbst? Eines wusste ich jedoch ganz sicher: Werners ständiges Nörgeln machte mich nicht glücklich. Schon wieder drifteten meine Gedanken zu Werner ab. Hatte er einen unsichtbaren Magneten in meinem Kopf installiert, der meine Wahrnehmung ständig auf ihn lenkte? Das musste endlich aufhören.

Mit einem entschlossenen Grinsen beschloss ich, dem Chaos in meinem Kopf den Kampf anzusagen. Das Abenteuer, das Geheimnis des Glücks zu erforschen, konnte beginnen – und diesmal würde ich mich nicht von einem imaginären Magneten aufhalten lassen!

KAPITEL 6

Tanz der Gefühle

Giulias direkte Frage hatte mich am falschen Fuß erwischt, und ich versuchte mich vor einer Antwort zu drücken: »Ich weiß doch nicht einmal, wer ich bin. Woher soll ich wissen, ob das, was mich glücklich macht, das richtige Ich glücklich macht?«

»Alles klar, dann beginne ich!«, sagte Giulia, ohne auf mein Selbstmitleid einzugehen. Für einen kurzen Augenblick schloss sie ihre Augen und fuhr fort: »Ich liebe es, in der Natur zu sein. Gestern bin ich früh aufgestanden. Es war wieder eine dieser Nächte, in denen ich nicht schlafen konnte. Ich brauchte frische Luft und startete kurz nach 6 Uhr morgens meinen Spaziergang durch die Weinberge. Es war noch frostig, und ich genoss den stechenden Schmerz der eisigen Kälte auf meinen Wangen. Plötzlich hatte ich den Impuls, stehen zu bleiben. Ich schaute mich um und sah, wie sich der Morgenreif zart über das frische Gras und die Frühlingsknospen legte. Die ersten Sonnenstrahlen trafen auf die kleinen Eiskristalle, und es war wie ein glitzerndes

Tanzspiel zwischen der kalten Nacht und dem beginnenden Morgen. Dieses Schauspiel hat mich in den Moment des Seins zurückgebracht. Die Sonne stieg auf, und ihre Strahlen begannen auch meine Wangen aufzuwärmen. Anfangs schmerzte es etwas, und wieder genoss ich das Gefühl des Schmerzes, als würde es mich lebendig machen. Ich erinnere mich noch daran, dass ich mich für dieses Verlangen nach Leid schämte. Doch dann geschah etwas Wunderbares. Mit der steigenden Intensität der Sonne tauchte ich immer mehr in meine Umgebung ein. Impulsiv zog ich meine Schuhe aus und stand nun barfuß im kaltfeuchten Gras. Ich spürte die Erde unter mir und schloss meine Augen.«

Giulia erhob sich vom Sofa, breitete die Arme aus und schloss die Augen. Ich blieb regungslos sitzen, um die zauberhafte Beschreibung ihrer Wahrnehmungen und den spontanen Mut, sich zu öffnen, nicht zu stören. Also schloss ich ebenfalls meine Augen und ließ mich von ihren Worten mitreißen.

»Charlotte, ich weiß nicht mehr, wie lange ich dort gestanden habe, aber es war wunderbar.« Sie holte tief Luft und ließ sie langsam durch die Nase wieder aus ihrem Körper strömen. »Mit jedem Atemzug verschmolz ich mit der Energie, die mich umgab. Durch die Geräusche um mich herum, das Zwitschern der Vögel, den Wind in den Bäumen und die verschiedenen Gerüche fühlte ich mich eins mit meiner Umgebung. Mein Selbst existierte für diese Zeit nicht mehr. Ich war ein Teil dieses natürlichen Tanzspiels geworden. Ein Gefühl des Friedens und der Harmonie durchströmte mich. Ich hatte Lust mich zu bewegen und drehte mich mit ausgebreiteten Armen. In diesem Moment war alles so leicht, ich spürte weder Sorgen noch Ängste. Ich befand mich mitten in etwas Wunderbarem, etwas Großem. Das große Ganze wurde erst durch mich komplett, ich fühlte mich plötzlich wichtig. Und...« Die plötzliche Pause riss mich aus einer Art Trance, und ich schaute Giulia erwartungsvoll an. Sie hatte ebenfalls ihre Augen wieder geöffnet und lächelte mich breit an. »Und ich war so glücklich.«

Ich brauchte einen Moment, um die richtigen Worte zu finden, und flüsterte schließlich: »Das ist ja der Wahnsinn, Giulia! Ich hatte beinahe das Gefühl, das Nass unter meinen Füßen zu spüren und die Vögel in meinem Kopf zwitschern zu hören.« In meinem Kopf drehte sich immer wieder die quälende Frage: »Warum renne ich ständig von A nach B, ohne je stillzustehen?« Tief in mir wusste ich, dass da mehr dahintersteckte. Ich WOLLTE einfach nicht stehenbleiben! Die Angst, mich selbst in diesem Hamsterrad zu erkennen, war einfach zu überwältigend. Jeden Morgen belog ich mein Spiegelbild, wenn ich es anlächelte und versprach, dass wir großartig sein könnten, dass wir alles schaffen könnten! Irgendwo hatte ich gelesen, dass diese Selbstgespräche das Selbstbild verbessern sollten. Aber mal ehrlich, was machte ich mir da vor? Nichts an mir war zurzeit toll. Ich bemerkte, dass ich meinen Kopf gesenkt hatte. Was musste Giulia bloß von mir denken? Sie war gerade so enthusiastisch und glücklich, und ich starrte düster vor mich hin.

In diesem Moment wanderten meine Blicke zu meinem kleinen goldenen Freund, der Buddha-Statue. Seine sanften, fast verschmitzten Augen schienen mich anzulächeln. Es war, als ob er mir sagen wollte, dass ich nicht so hart zu mir selbst sein sollte.

Zurück bei unserem Experiment wollte ich mehr wissen: »Giulia, hattest du dieses Gefühl auch an anderen Orten erlebt?« Giulia, die sich wieder neben mich auf das Sofa gesetzt hatte, brauchte auch eine Weile, um sich wieder im Hier und Jetzt zu finden. »Ja, mit deinem Vater! Unsere Gespräche drehten sich oft um die Wunder der Natur und den Kreislauf des Lebens. Diese Themen spiegelten sich auch in seinen Kunstwerken wider. Er malte so wunderschöne Landschaftsbilder, die diese Verbindung zur Natur festhielten. Besonders fasziniert hat mich immer das Bild mit dem Fluss, der sich durch die gesamte Szene zog und am Horizont verschwand. Enrico...«

»Enrico?«, unterbrach ich Giulia. Mein Vater wurde so in seiner Kindheit so genannt – ein Name aus seiner Zeit in Rom. Was für eine Verbindung hatten sie? Warum hatte mir mein Vater nie etwas darüber erzählt? Hatten sie etwa gemeinsam Italienisch gesprochen, eine Sprache, die ich mir so sehr gewünscht hätte, aber nie von ihm gelernt habe? Außer der Liebe zu Spaghetti hatte ich kaum etwas Italienisches an mir. Was, wenn sie mehr waren als nur Freunde? Vielleicht waren sie ein Paar gewesen? Oder war Giulia die Partnerin, die er sich immer gewünscht hatte – so impulsiv, attraktiv und naturverbunden, und dann auch noch eine echte Italienerin?

Ich fühlte mich betrogen, eine Empfindung, die mir selbst so zuwider war. Kein Wunder, dass es mir schwerfiel, echte Freundschaften aufzubauen.

Angela hatte ich von Anfang an für ihre Selbstsicherheit und ihren Mut bewundert, wie sie sich selbst treu blieb und ihre Individualität zelebrierte. Ich hingegen kämpfte ständig mit meinem eigenen Selbstbild und meiner Unsicherheit. Besonders erinnere ich mich an die Situation, als wir zusammen an einem Event teilnahmen und Angela mit Leichtigkeit im Mittelpunkt stand, während ich mich in der Menge verloren fühlte. Ich hatte versucht, mich durch aufwendige Outfits und eine übertriebene Fröhlichkeit hervorzuheben, aber alles schien nur aufgesetzt und wenig authentisch. Die Tatsache, dass ich mich nicht wohl in meiner Haut fühlte und ständig das Gefühl hatte, mich verstellen zu müssen, verstärkte nur mein Gefühl, betrogen zu werden – von mir selbst und von den Erwartungen, die ich an mich stellte. Und als ich dann Werner bekam und nicht sie, fand ich eine merkwürdige Genugtuung darin, doch »gewonnen« zu haben. Zumindest dachte ich das. Diese hinterhältige Freundin! Ich wollte nie wieder etwas mit ihr zu tun haben. Nie wieder!

Während ich so grübelte, schlich sich eine andere, noch beunruhigendere Frage in mein Bewusstsein. Mein Papa war mein einziger Kumpel, und jetzt überlegte ich, ob er mir vielleicht auch etwas verheimlicht hatte. Hatte er etwa eine geheime Affäre mit Giulia, welcher Art auch immer? Der Gedanke schien mir plötzlich nicht mehr so abwegig. Ich hatte eben noch die Vorstellung, dass zwischen Giulia und mir eine geheime Verbindung entstehen könnte, aber jetzt zweifelte ich an allem. Dieses Wohnzimmer, das voller Buddhas und Kerzen war, hatte mich in eine Art von Trance versetzt, die jetzt in Paranoia umschlug. Der beruhigende Kräuterduft, der zuvor so entspannend gewesen war, wurde plötzlich unerträglich. Mein Kopf begann zu hämmern, und ich wusste, dass ich hier raus musste – schnell!

In dem Moment spürte ich Giulias wärmende Hand auf meiner Schulter. Erst jetzt bemerkte ich, dass ich fast hyperventilierte. Ihre Berührung beruhigte mich, und mein Atem wurde langsamer. Ich hatte überhaupt keinen klaren Gedanken mehr. »Charlotte, es tut mir leid. Über deinen Vater zu reden, muss für dich schwer sein. Seine Beerdigung ist noch nicht so lange her. Wenn du willst, kann ich dich jetzt nach Hause bringen. Es ist schon spät.«

Ich schaute zu der riesigen Uhr an der Wand. Fast vier Uhr morgens! Es war, als hätten wir die letzten Stunden in einer anderen Dimension verbracht, wo die Zeit stehen geblieben war. Die körperliche Erschöpfung war überwältigend, doch die Vorstellung, in meine Wohnung zurückzukehren, wo Werner auf mich wartete, war schlichtweg unerträglich.

Meine Neugier, was diese Nacht noch für mich bereithielt, stieg auf ein neues Level. Was hatte es wirklich mit dieser geheimnisvollen Verbindung zwischen meinem Vater und Giulia auf sich? Diese Frage, gepaart mit dem geheimnisvollen Puzzle des Glücks, waren so drängend, dass sie jede Vorstellung davon übertrumpften, mit Werner zu Hause zu sein. Es war klar: Ich musste herausfinden, was noch auf mich wartete – und das bedeutete, dass ich die Nacht nicht so schnell beenden würde.

KAPITEL 7

Verborgene Wahrheiten

»Nein, Giulia, schon okay. Ich möchte mehr über dich und meinen Vater erfahren. Ich glaube, du kanntest Seiten an ihm, die mir als Tochter völlig fremd waren. Was war das für eine Beziehung zwischen euch beiden?«

»Ich freue mich, dass wir noch weiter experimentieren können.« Giulia zwinkerte mir zu, und da war es wieder, dieses herzerwärmende Lächeln. »Eigentlich begann unsere Freundschaft vor zwei Jahren. Als Enri...« Sie stockte, als hätte sie meine Gedanken wieder gelesen und bemerkt, dass dieser Name für mich neu war. Giulia war wirklich ein besonderes Exemplar, einfühlsam, freundlich und wahrscheinlich auch telepathisch begabt. »Als dein Vater noch fit war, machte er jeden Morgen seine Runde durch die Weinberge. Ich konnte ihn oft von meinem Küchenfenster aus beobachten, wie er ständig stehen blieb und die Pflanzen begutachtete.«

Meine Gedanken drifteten ab, als ich in Richtung Küche schaute. Eine lange Theke trennte sie vom Wohnzimmer, und auf der einen Seite standen zwei Barhocker, ideal für nette Plaudereien beim Kochen. Die Küche selbst sah sehr ordentlich aus. Keine Kühlschrankmagnete mit Familienfotos, wie bei uns zuhause. Plötzlich fiel mir auf, dass Giulia überhaupt keine Fotos von sich oder ihrer Familie hatte. Ich wusste wirklich gar nichts über sie, obwohl wir lange Nachbarn waren, als ich noch zuhause wohnte. War ich so blind gewesen? Offensichtlich hatten meine Vorurteile gegen sie meine Neugierde abgewürgt und mich blind für alles andere gemacht. Ich war ein hoffnungsloser Fall!

»Seine Naturverbundenheit hat mich beeindruckt«, sagte Giulia und holte mich aus meinen Gedanken zurück. »Ich wusste ja, dass dein Vater Apotheker war, und ich wollte schon lange etwas von ihm lernen.« Giulia schaute zum großen Küchenfenster hinüber, das, genau wie bei unserem Haus, auf die kaum befahrene Wohnstraße ging. Dahinter erstreckten sich die Weinberge, die bis zum Wienerwald reichten. Viele schöne Erinnerungen von den morgendlichen Spaziergängen mit meinem Vater kamen mir in den Sinn.

Früher waren wir oft zusammen unterwegs, und er erzählte mir Geschichten über Spitzwegerich, den er als »Naturpflaster« bezeichnete, und über Mädesüß, die süßlich und leicht bitter schmeckende Heilpflanze gegen Kopfschmerzen. Bei unseren Streifzügen durfte ich sämtliche Pflanzenteile kosten, was für mich als Kind ein echtes Abenteuer war. Ich musste lächeln, als ich mich an Papas Teemischung erinnerte, die er eigens in seiner kleinen Apothekerküche für meine Migräne zubereitete. Der blumige Duft und das süße Aroma sind mir noch so frisch in Erinnerung, als wäre es erst gestern gewesen. Immer wenn ich seinen »Lotte Spezial« trank, beobachtete er mich und lächelte, als wüsste er genau, dass meine Kopfschmerzen bald verschwinden würden.

Dieses Lächeln... genau das war es! Es hatte etwas gemeinsam mit Giulias breitem Grinsen und dem des kleinen Buddhas auf dem Tisch in der Ecke. Was verband die drei wohl wirklich? Ich fragte mich, ob es eine tiefe, innere Ruhe war, die mein Vater, Giulia und selbst die kleine Buddha-Statue ausstrahlten. Vielleicht war es eine Ruhe, die aus dem Wissen kam, etwas Gutes zu tun, etwas, das über das eigene Leben hinausreichte. Mein Vater heilte mit seinen Kräutern, Giulia sammelte am Wegesrand verlorene Seelen auf und der Buddha erinnerte daran, im Moment zu leben und Frieden zu finden.

Während ich noch darüber nachdachte, brachte Giulia mich wieder zurück in die Gegenwart: »Eines Morgens beschloss ich, deinen Papa endlich näher kennenzulernen. Wir hatten uns zwar schon lange gekannt, immerhin wohnten wir nebeneinander, doch unsere Begegnungen beschränkten sich bis dahin auf höfliches Nicken und flüchtige Begrüßungen.«

Eigentlich war es kein Wunder, dass die Begegnungen zwischen ihr und meinem Vater anfangs nur an der Oberfläche kratzten. Meine Mutter hatte, solange sie noch bei uns wohnte, den Kontakt zur Nachbarschaft vermieden, als hätten sie alle eine ansteckende Krankheit. Wahrscheinlich waren sie nicht gut genug für ihre erlesenen Vorstellungen – oder passten nicht in ihr strenges Schema für das perfekte Leben. Stattdessen erfand sie immer wilde Geschichten und erzählte sie meinem Bruder und mir so oft, dass wir irgendwann nicht mehr wussten, was Realität war und was aus ihrer blühenden Fantasie stammte. Papa hingegen schwieg – er war ein Meister im loyalen Schweigen – und hielt sich auch von den Nachbarn fern, wahrscheinlich aus einer Mischung aus Pflichtbewusstsein und der Überzeugung, dass Ruhe der Schlüssel zu einem langen Leben ist. Zum Glück hatte Giulia genug Mut, diese unsichtbare Barriere zu durchbrechen.

Giulia lächelte nachdenklich und fuhr fort: »Eines Tages, als ich ihm auf seinem Weg ein Stück Gesellschaft leistete, lud er mich zu sich nach Hause ein. Mit einer Gastfreundschaft, die ich nicht erwartet hätte, führte er mich in seinen Garten. Sein Kräutergarten war ein wahres Paradies aus Kräutern, Blüten und duftenden Pflanzen. Schon bald wurde es zu unserer regelmäßigen Routine, dass ich ihn mindestens einmal pro Woche besuchte. Er bereitete mir eine Tasse Tee, und wir tauchten ein in Gespräche über die Geheimnisse der Natur und die Weisheiten der traditionellen europäischen Medizin.«

Ich lauschte Giulias Worten und dachte darüber nach, wie mein Vater seine Tage verbracht hatte. Es wurde mir immer klarer, wie einzigartig und inspirierend er war. Seine morgendlichen Spaziergänge, seine Leidenschaft für die Natur und sein liebevoll zubereiteter Tee waren nicht nur Teile seines Alltags, sondern Ausdruck seiner Philosophie – dass jeder Tag ein neuer Anfang ist. Ich sah ihn vor mir, wie er den Moment des Sonnenaufgangs liebte, ein Moment, der alles verändern konnte. Mein Papa war jemand, der das Leben mit einer kindlichen Neugier und einer tiefen Wertschätzung für die kleinen Dinge betrachtete. Diese Liebe zum Detail lebte er vor allem in seinen Bildern aus. Jedes seiner Gemälde war wie ein eigenes kleines Universum, in dem er die Welt mit den Augen eines Kindes einfing. Fast kam er mir in seinen Geschichten wie ein kleiner Junge vor, der nichts anderes wollte, als die Welt immer wieder neu zu entdecken.

Während ich über ihn nachdachte, spürte ich den Kontrast zu meinem eigenen Leben. Warum steckte ich nur so in meinen Alltagsproblemen fest? Wo war meine eigene Neugier geblieben, dieser Drang, etwas zu verändern, wie er es in seinen Bildern tat? Warum fiel mir das Loslassen so schwer? Was steckte dahinter? Woran hielt ich mich fest?

Giulia erzählte weiter und lächelte breit: »Doch oft, wenn wir uns in diesen Gesprächen verloren, fanden wir uns plötzlich in einem stillen Moment wieder, in dem keine Worte nötig waren. Diese Stille war nicht unangenehm oder erzwungen. Im Gegenteil, sie war eine Ruhe, die mich mit einem tiefen Gefühl der Zustimmung und Wertschätzung erfüllte. Es war, als hätten wir in diesen Momenten eine stille Vereinbarung getroffen, eine Verbundenheit gefunden, die ich nur selten erlebe. Es war wie...«

Ihre Worte hallten in mir nach, als sie eine Pause machte und mich mit ihren warmen braunen Augen ansah. Etwas in ihrem Blick berührte mich tief, und ich spürte, wie uns irgendetwas verband. Ich wusste noch nicht was, aber die Zweifel und das Misstrauen, das ich immer schon für Giulia empfand, waren nicht mehr existent. Stattdessen war Platz für etwas geworden, das ich noch nicht kannte.

».... so wie jetzt mit dir, Charlotte!«

Also so fühlte sich diese Verbundenheit an! Es war Wärme, Stille und eine Klarheit, die kein Hinterfragen zuließ, keine Erwartung und Bedingung.

Ich flüsterte: »Danke, dass du so ehrlich zu mir bist, Giulia! Ich freue mich, dass du mit meinem Papa eine schöne Freundschaft hattest. Seltsam, er hat nie von dir erzählt. Aber mein Papa war immer schon ein Mann der wenigen Worte.« »Ja, ich weiß!« Sie grinste. »Es tut mir leid, wenn ich dir gerade zu nahegekommen bin. Dieses Gefühl zwischen uns hat mich überwältigt. Du bist deinem Vater sehr ähnlich.«

Das war wohl das schönste Kompliment. Ein warmes Gefühl durchströmte mich, auch wenn ich wusste, dass das nicht stimmte. Aber es steckten hoffentlich genug Papa-Gene in mir, um irgendwann einmal mit hundert Jahren etwas von seiner Weisheit und Ruhe zu erlangen. Ich fühlte in diesem

Moment, dass ein Teil von ihm in mir weiterlebt. Vielleicht ist es genau diese Verbindung, die Giulia und ich gerade erst entdeckten, so als könnte ich durch sie ein Stück meines Vaters wiedererleben. Es war ein leiser, aber kraftvoller Beweis dafür, dass die Essenz eines Menschen weit über sein Leben hinaus fortdauert und uns dazu inspiriert, unser eigenes Leben mit gleicher Tiefe und Begeisterung zu leben.

Es gab noch so viele Fragen, und irgendwie hatte ich das Gefühl, dass ich in dieser Nacht mit Giulia einige Antworten finden könnte. Ich schaute sie an, schämte mich, dass ich eben gerade noch so abwertende Gedanken über sie gehabt hatte, und nahm mir vor, dass ich ab jetzt bereit wäre, ein tiefes Vertrauen zu ihr aufzubauen, ohne Vorurteile und ohne die Geschichten in meinem Kopf.

KAPITEL 8

Der Kreis des Einflusses

Ich stand auf, hob meine Arme hoch und holte durch die Nase tief Luft, streckte mich dabei so lang, dass es in meinen Schultern nur so krachte. Giulia und ich mussten darüber lachen, und sie tat es mir gleich, nur mit dem Unterschied, dass es bei ihrer Bewegung völlig lautlos blieb. Na toll, ausgerechnet sie, zwanzig Jahre älter als ich, bewegte sich geschmeidiger. Vielleicht sollte ich Yoga doch noch eine zweite Chance geben. Wir setzten uns wieder auf das rote Sofa und schauten uns erwartungsvoll an.

»Also, wenn der Weg zum Glück über das Gefühl der Verbundenheit führt«, begann ich langsam und dachte dabei an die vielen Spaziergänge, die ich mit meinem Papa durch Wälder und Felder unternommen hatte. »Heißt das dann, dass wir, um wirklich glücklich zu sein, mehr in der Natur sein sollten? Oder vielleicht, dass wir uns mit Menschen umgeben sollten, die so naturverbunden sind wie mein Papa?« Ich schaute Giulia erwartungsvoll an und war neugierig auf ihre Antwort.

Giulia dachte kurz nach: »Ja, das könnte helfen. Man sagt ja auch, dass die ätherischen Öle der Wälder, die Terpene, antidepressiv wirken und das Glücksgefühl stärken. Außerdem ist bekannt, dass die fünf nächsten Menschen, die einen tagtäglich umgeben, einen sehr großen Einfluss auf das eigene Gemüt haben. Aber ich denke, so einfach ist das nicht. Die Entschlüsselung des Glücks sollte uns in einen inneren Glückszustand bringen, der von äußeren Umständen unabhängig ist.«

Die fünf Menschen, die mich täglich umgaben? Ich ließ Giulias Worte auf mich wirken. Wer waren diese fünf Menschen in meinem Leben? Da war meine beste Freundin, die mich all die Jahre belogen hatte. Dann mein Chef, Mani, der jeden zweiten Tag einen Schreianfall bekam und mich mit seiner negativen Energie regelrecht erdrückte. Da war auch meine Mutter, die sich nur zwei Mal im Jahr aus Ibiza meldete und mir immer wieder das Gefühl gab, der unwichtigste Teil ihres Lebens zu sein. Und dann, das Epizentrum meines Übels, Werner. Ein Mann, dessen Präsenz in meinem Leben mein Selbstbild mit fast schon meisterhafter Präzision erschütterte – eine beachtliche Leistung. Doch wenn es wirklich stimmte, dass diese Menschen einen prägten, war es kein Wunder, dass ich mich ständig ausgelaugt fühlte.

Es gab jedoch auch Menschen in meinem Leben, die einen positiven Einfluss hatten. Meine zwei Kinder, mit denen ich trotz ihres Teenageralters eine tiefe, freundschaftliche und aufrichtige Verbindung hatte, waren stets ein Lichtblick.

Ihre unbefangene Art und ihre ehrlichen Worte gaben mir oft den Mut, den ich brauchte. Es tat weh zu denken, dass der wichtigste Halt, den ich je hatte, mein Papa, nun nicht mehr da war. Sein Fehlen hinterließ eine Lücke, die durch nichts und niemanden vollständig gefüllt werden konnte. Die Gedanken an ihn, an seine warme Art und seine beruhigende Ausstrahlung, ließen mich erkennen, wie sehr ich seinen Rat und seine Unterstützung vermisste.

Diese Erkenntnis machte Giulias Worte für mich umso klarer: »Stimmt, wenn du diese Verbundenheit in dir und mit dir empfinden könntest, dann bräuchtest du nichts und niemanden, um glücklich zu sein! Das ist einleuchtend! Aber Giulia, wir sind soziale Wesen«, wandte ich ein. »Wie sollen wir uns von den Einflüssen unserer Umgebung lösen? Wir sind doch von Interaktionen abhängig.«

Giulia nickte verständnisvoll. »Das stimmt, Charlotte. Wir können uns nicht vollständig von unserer Umwelt abkoppeln. Wir brauchen Menschen um uns herum – sie geben uns Halt, spiegeln uns wider und helfen uns, zu wachsen. Aber es geht darum, wie wir diese Interaktionen bewerten und welche Bedeutung wir ihnen in unserem Inneren geben. Wenn wir in uns selbst eine tiefe Verbundenheit und Zufriedenheit finden, dann können wir trotz negativer Einflüsse stabil bleiben. Es geht nicht darum, die Welt oder die Menschen um uns herum zu ignorieren, sondern darum, eine innere Stärke zu entwickeln, die uns unabhängig von äußeren Umständen glücklich macht.«

Giulia sprach weiter, während ich versuchte, meine Gedanken zu ordnen. »Wir könnten Gedanken, die trennen, anstatt zu verbinden, als zerstörend erkennen und sie wie kleine dunkle Wölkchen am Himmel weiterschicken.«

Es war, als würde ich versuchen, ein durcheinandergebrachtes Puzzle wieder zusammenzusetzen, während jemand gleichzeitig die Teile vertauschte. Doch inmitten dieser Gedankenjonglage konnte ich nicht umhin, Giulias ernste Worte mit einem Hauch von Humor zu betrachten.

»Ah ja, Gedanken wie kleine dunkle Wölkchen am Himmel weiterschicken. Klingt nach einer netten Vorstellung, aber meine Gedanken sind eher wie kleine Gewitterwolken, die sich hartnäckig festbeißen!«, scherzte ich, während ich an meine gescheiterten Versuche dachte, meditierend in der Lotushaltung zu sitzen. »Ich meine, mein Gehirn ist einfach nicht darauf programmiert, nichts zu denken. Es ist wie der Versuch, einem Affen Yoga beizubringen. Es endet immer mit Chaos und einem Haufen Bananenschalen!«

Giulia lächelte nachsichtig, während sie durch das Fenster in den Garten blickte. Draußen herrschte tiefe Dunkelheit, aber ab und zu blitzte ein Licht auf, das die nächtliche Stille durchbrach. Offenbar waren wir nicht die einzigen Nachtschwärmer in der Nachbarschaft.

»Ja, das kenne ich auch«, stimmte Giulia zu, »aber es geht darum, den Fokus auf die richtigen Gedanken zu lenken, um eine innere Harmonie zu sich selbst zu schaffen. Es ist wie mit einem Muskel, den man trainiert. Wenn man ihn vernachlässigt, wird er schwach, genau wie meine Oberschenkel seitdem ich aufgehört habe, regelmäßig laufen zu gehen!«

Ich lachte über Giulias unverblümten Vergleich und nickte zustimmend. »Stimmt, nach ein paar Wochen ohne Laufen fühlen sich meine Oberschenkel an wie Wackelpudding. Aber hey, vielleicht ist das der Preis dafür, dass wir die glorreiche Ära der Bundfaltenhosen wiederbeleben können!« Gleichzeitig versuchte ich augenzwinkernd meine weite Pyjamahose in Form zu bringen und meine italienische Gastgeberin lachte mit. Wer hätte gedacht, dass eine Diskussion über Gedanken und Verbundenheit so viel Spaß machen könnte?

Während wir lachten und scherzten, stellte sich mir die Frage, ob es wirklich möglich war, die Kontrolle über meine inneren Prozesse zu übernehmen. Vielleicht war es ja tatsächlich machbar, wie Giulia behauptete. Vielleicht hatte meine kleine Neigung zum Kontrollfreak-Sein doch einen Vorteil.

Plötzlich unterbrach Giulia meine Überlegungen und sprach mit einem ernsten Ton weiter: »Aber es geht nicht nur darum, den Einfluss über unsere Gedanken zu gewinnen. Beziehungen und Freundschaften erfordern ebenfalls ständige Aufmerksamkeit und Achtsamkeit. Die Pflege dieser Verbindungen ist wie ein kontinuierliches Training – du wirst stärker, je mehr du dich darum kümmerst. Genauso wie du mit einem trainierten Oberschenkelmuskel einen Berg leichter erklimmen kannst.«

»Absolut!«, stimmte ich zu und setze mich wieder in eine bequemere Position, »Wer braucht schon muskulöse Oberschenkel, wenn man dafür muskulöse... äh... Gedanken haben kann?« Ich konnte Giulias Blick spüren, der, so kam mir das vor, prüfend auf meinen Körper gerichtet war. Peinlich berührt fügte ich hinzu: »Aber mal ganz ehrlich, wenn ich mich zwischen einem straffen Körper und einem gemütlichen Fernsehabend entscheiden müsste, würde der Fernsehabend gewinnen – jedes Mal!«

Herzlich lachend nahm Giulia einen Schluck von ihrem inzwischen sicherlich kalten Tee. »Das kann ich gut nachvollziehen, Charlotte. Aber zurück zu unserem Gespräch! Wenn du dich bemühst, deinen Fokus auf die Gedanken zu lenken, die die innere Verbindung zu dir selbst stärken, dann wird es nach einer Zeit fast automatisch gehen, ohne dass du dich permanent kontrollieren musst.« »Oh ja, das klingt großartig!«, stimmte ich zu, »statt Selbstkontrolle einfach seinen Gedanken freien Lauf lassen.«

Giulia sprach weiter, diesmal mit einem nachdenklichen Ausdruck: »Für mich sind es Gedanken wie Selbstzweifel, Trennungsängste, zu große Erwartungen und ein falsches Selbstbild, die mich daran hindern, eine tiefere Verbindung zu mir selbst aufzubauen.« Sie hielt kurz inne und fügte hinzu: »Ich habe das Gefühl, dass viele von uns mit ähnlichen inneren Herausforderungen kämpfen, oder nicht? Diese Gedanken können uns von dem ablenken, was wirklich wichtig ist – einer echten Beziehung zu uns selbst und anderen.«

Das klang für mich unglaublich vertraut. Ich dachte an die eigenen Ängste und Zweifel, die mich oft quälten – die ständige Sorge, nicht gut genug zu sein, die Angst, wichtige Menschen zu verlieren, und die hohen Erwartungen, die ich sowohl an mich selbst als auch an andere stellte. »Ja, das kommt mir bekannt vor«, sagte ich langsam. »Diese Gedanken scheinen irgendwie allgemeingültig zu sein, oder zumindest begegnen sie mir immer wieder in meinem eigenen Leben.« Giulia nickte. »Genau, und es ist diese gemeinsame Erfahrung, die uns vielleicht auf eine tiefere Weise verbindet. Wenn wir uns diesen Herausforderungen stellen und lernen, sie zu verstehen und zu akzeptieren, können wir möglicherweise ein echtes Verständnis für uns selbst und für die Menschen um uns herum entwickeln.«

Unser Gespräch nahm eine andere Richtung ein, als Giulia plötzlich nachdenklich wurde. »Weißt du, manchmal fühle ich mich, als würde ich mit meiner eigenen Vergangenheit kämpfen«, begann sie und lächelte sanft. »Vielleicht ist es an der Zeit, dass ich dir etwas von meiner eigenen Geschichte erzähle. Es gibt da Dinge aus meiner Kindheit, die mich geprägt haben und die ich bisher nicht wirklich geteilt habe.«

Die Spannung in der Luft war greifbar. Mein Herz klopfte schneller, als ich die Aufrichtigkeit und zugleich Verletzlichkeit in Giulias Augen sah. Sie schien kurz davor zu stehen, ein Stück ihrer Seele zu offenbaren, das bisher vielleicht verborgen geblieben war. »Es ist nicht einfach für mich, darüber zu sprechen«, fuhr sie fort, »aber ich denke, es ist wichtig, dass du verstehst, woher ich komme, um zu begreifen, warum ich bin, wie ich bin.«

KAPITEL 9

Zwischen Gitterstäben und Spielzeugbergen

Giulia wurde ernst und nachdenklich. »Ich wurde in einem idyllischen italienischen Dorf inmitten einer alternativen Kommune geboren. Meine Eltern waren fasziniert von der Idee, nichts zu besitzen und alles mit anderen zu teilen, ein Konzept, das sie mit Leidenschaft verfolgten. Vielleicht war es auch ihre Sehnsucht nach einer tieferen Verbundenheit mit der Welt um sie herum, die sie dazu trieb. Jedenfalls wuchs ich inmitten dieser Gemeinschaft auf, doch bald erkannte ich, dass hinter der Fassade der Freiheit eine enge Begrenztheit lauerte. In der Schule wurden bestimmte Themen bewusst verschwiegen, und als ich begann, allzu viele Fragen zu stellen und die Grenzen der Gemeinschaft zu hinterfragen, wurde ich zu ›Il Capo‹, unserem Anführer, gebracht. Sein Haus thronte majestätisch auf einem Hügel, ein Symbol der Autorität und Macht, das im krassen Gegensatz zu den einfachen Häusern der Dorfbewohner stand.«

Giulia hielt kurz inne, als würde sie die Erinnerung erneut durchleben. »Es war an einem Morgen, als ich auf dem Weg zur Schule war«, fuhr sie fort, ihre Worte wählte sie langsam und bedacht. »Plötzlich wurde ich von zwei kräftigen Männern aufgehalten, die mich grob zum Anwesen von Il Capo führten. Obwohl mein Magen sich zusammenzog und ich Angst hatte, spürte ich auch eine seltsame Neugier, die mich nicht weglaufen ließ.« Sie schluckte schwer, und ich konnte sehen, dass es ihr Mühe bereitete, weiterzuerzählen.

»Als ich schließlich in einem kleinen, düsteren Zimmer landete und die schwere Holztür hinter mir ins Schloss fiel, war ich plötzlich von der Außenwelt abgeschnitten. Ich fühlte mich so unglaublich allein und wollte einfach nur raus, aber die Tür war von außen verriegelt, und vor den Fenstern waren dicke Gitterstäbe. In dieser erdrückenden Stille schien die Zeit stehen zu bleiben. Minuten dehnten sich zu Stunden. Ohne einen Hinweis auf den Lauf der Zeit begann ich, meine innere Uhr zu verlieren. Meine Gedanken kreisten ständig um die Frage, wie lange ich schon dort war. Die Ungewissheit war unerträglich und fraß an meinem Verstand.«

Giulia atmete tief durch und ihre Augen suchten meine, als wollte sie sicherstellen, dass ich den Ernst der Lage verstand. Es war klar, dass diese Erfahrung sie zutiefst geprägt hatte. Und in diesem Moment fühlte ich eine Mischung aus Mitleid und Bewunderung für die Stärke, die sie aufgebracht hatte, um diesen Teil ihrer Geschichte zu teilen.

Instinktiv schaute ich zu der großen Uhr in Giulias Küche. Kein Wunder, dass sie einen solchen Wert auf die Zeit legte.

Es war offensichtlich, dass Giulia eine besondere Beziehung zur Zeit entwickelt hatte, eine Art obsessives Bedürfnis, sie zu kontrollieren, nachdem sie als Kind ihrer Kontrolle beraubt worden war. Für sie war jede Sekunde kostbar, jede Minute bedeutungsvoll. Die Uhr in ihrer Küche war mehr als nur ein Gerät zur Zeitmessung: Sie war ein Symbol für ihre Freiheit und ihre Fähigkeit, die Kontrolle über ihr Leben zurückzugewinnen. Das leise Ticken der Uhr schien Giulia stets daran zu erinnern, dass sie ihre Zeit nun selbst bestimmen konnte.

Während ich darüber nachdachte, rutschte Giulia vom Sofa auf den weichen Teppich und lehnte sich mit einem großen Kissen zurück. »In diesem bedrückenden Moment erkannte ich, dass das nur der Anfang von etwas Schrecklichem war. Etwas, das mein Leben für immer verändern würde.« Ich spürte die Last ihrer Erinnerungen.

Mit offenem Mund lauschte ich Giulias Geschichte, unsicher, wie ich reagieren sollte. »Das war... ein bisschen mehr, als ich erwartet hatte«, brachte ich schließlich heraus. Ich erinnerte mich daran, dass meine größte Kindheitsangst darin bestand, dass meine Mutter meine alten Tagebücher durchstöbern könnte.

Obwohl meine Kindheit im Vergleich zu Giulias fast schon idyllisch wirkte, kannte ich das Gefühl der Einsamkeit nur zu gut. Der Gedanke, dass ich mich als Kind oft verloren und vergessen fühlte, verstärkte sich, als ich mich an Johannes‹

Reaktionen erinnerte. Auch wenn ich nie Gitterstäbe hinter mir hatte, erlebte ich ein Gefühl des Ungesehenwerdens. Als jüngstes Familienmitglied war ich oft wie ein verlorener Socken in der Wäsche – kaum beachtet und leicht übersehen. Mein fünf Jahre älterer Bruder Johannes betrachtete mich wohl eher als lästiges Anhängsel, das seine Spielsachen durcheinanderbrachte und seine Ruhe störte. Bei den gemeinsamen Abendessen fühlte ich mich oft wie ein hungriges Hündchen, das sehnsüchtig darauf wartete, dass man ihm endlich den Knochen zuschiebt. Mein Verlangen nach Aufmerksamkeit und Zuneigung war so groß, dass ich manchmal fast angefangen hätte, wie ein Hund zu bellen. Aber das hätte wohl nur dazu geführt, dass ich noch mehr als nerviger Floh wahrgenommen worden wäre.

Ich blickte zu meinem Bruder Johannes auf. Er war mein Held, so klug und einfallsreich. Es war an einem dieser Tage, an denen unsere Streitereien über unsere Spielsachen die Wohnzimmergrenzen zu einem Schlachtfeld machten, an dem Johannes eine brillante Idee hatte, um diesen ewigen Kampf zu beenden. Er schlug vor, alle Spiele auf einen riesigen Haufen zu werfen und jedem von uns die Möglichkeit zu geben, seine Besitzansprüche mit seinem Namen zu markieren. Ich fand diese Idee mehr als genial. Endlich konnte ich selbst bestimmen, was mir gehörte – ein wahr gewordener Traum!

Da ich zu dieser Zeit gerade einmal in der ersten Klasse und stolz darauf war, dass ich schon schreiben konnte, erklärte

Johannes mich kurzerhand zum Gleichgestellten und bereitete zwei Filzstifte vor, wobei er mir einen kleinen Vorsprung von ein paar Sekunden gewährte. Als das Startsignal fiel, griff ich mir den Stift und eilte zum Spielehaufen wie ein Fuchs zum Hühnerstall. Ich schnappte mir das Stempelspiel von der Post. Ich begann meinen Namen darauf zu kritzeln: C-H-A-R-L-O-T... Als ich beim T angelangt war, bemerkte ich, dass Johannes längst neben mir am Boden saß und mit einem schnellen »Joe« schon mehrere Spiele markiert hatte. Schnell schrieb ich meinen Namen zu Ende und konnte mir gerade noch das »Mensch ärgere dich nicht‹-Spiel schnappen, um ein großes C darauf zu malen. Im Nachhinein wurde mir klar, dass er mich ausgetrickst hatte, aber zu diesem Zeitpunkt war ich einfach nur stolz, so einen genialen und zugleich fairen Bruder zu haben.

Später, als ich etwa zehn Jahre alt war, begann ich, Johannes in einem neuen Licht zu sehen. Sein Verhalten mir gegenüber wurde zunehmend abweisend und ignorant, besonders als er eines Samstagabends wegen mir zu Hause bleiben musste und dadurch die »mega Party« verpasste, von der alle sprachen. Es war sicher ein harter Schlag für ihn, dass er seinen großen Abend sich entgehen lassen musste, aber ich konnte auch nicht alleine zu Hause bleiben. So musste er wohl oder übel seine Partypläne gegen das Abenteuer eines Abends zu Hause eintauschen – ein Tausch, den er garantiert nicht freiwillig gemacht hätte!

Der Fernseher befand sich im untersten Stockwerk des Hauses, eher eine Art Kellerzimmer. Die großen Fenster gingen in den stockdunklen Garten, und ich fürchtete mich alleine dort zu sein. Also entschied ich mich, auf den kleinen Fernseher im Zimmer meines Bruders auszuweichen und klopfte bei ihm an. »Hau ab, du Nervensäge!«, rief er mir durch eine verschlossene Zimmertüre entgegen. Wahrscheinlich war ich wirklich eine nervige kleine Schwester, denn ich hörte nicht auf vor seiner Tür zu wimmern und zu betteln. »Lass mich in Ruhe! Ich wünschte, ich hätte keine kleine doofe Schwester!«, platze es aus ihm heraus, als er endlich die Tür öffnete. Sein Blick war wirklich böse und abschätzend. Das saß!

Ich rannte weinend in mein Zimmer und sperrte mich ein. Natürlich kam niemand, um mich zu trösten. Ich fühlte mich so verdammt einsam und ungeliebt. Wozu war es überhaupt gut, auf dieser Welt zu sein? Mein bester Freund war der Mond, den ich bei klarem Himmel über meinem Bett aus dem Dachfenster sehen konnte und mit dem ich so oft Zwiegespräche führte. Doch an diesem Abend war es bewölkt, und nicht einmal mein Himmelsfreund war für mich da.

Ich weiß, dass Giulias Erlebnis nicht mit meinem zu vergleichen ist, aber durch ihre Erzählungen habe ich mich wieder in meinem Kinderzimmer gesehen, und das Gefühl der Einsamkeit überwältigte mich in diesem Moment. Ich sah mich, wie ich versuchte, den Mond dazu zu bringen, mit mir über meine Probleme zu sprechen, nur um festzustellen, dass er genauso stumm blieb wie meine Familie.

Mein Gedankenkarussell hatte mich wieder einmal in eine andere Welt katapultiert – zurück in meine Kindheit. In Sekundenschnelle rauschten Bilder und Erinnerungen durch mein Gehirn, als ob ich in diesem Moment nicht mehr anwesend wäre. Doch Giulia riss mich mit ihrer zitternden Stimme aus meiner Trance zurück ins Hier und Jetzt.

KAPITEL 10

Spiegel der Vergangenheit

Sie saß auf dem Teppich, die Beine angezogen, mit einem Ausdruck tiefer Trauer. »Es war so peinlich!«, gab sie zu. »Ich war schon neun Jahre alt, aber aus lauter Angst ... habe ich mir in die Hose gemacht. Und genau in diesem Moment trat er ein – ein kleiner, etwas dicklicher Mann mit Glatze. Seine Augen waren rot, und seine tiefliegenden Augenringe ließen ihn bedrohlich erscheinen. Von weitem wirkte Il Capo vielleicht noch charismatisch, aber aus der Nähe sah ich gleich das Böse in ihm.«

Giulia hielt kurz inne, bevor sie weitersprach. »In unserer Kommune hatten wir so etwas wie eine Art Bibel. Die Gebote darin zu befolgen, war die Eintrittskarte für das Leben in unserer Gemeinschaft. Was hinter den Regeln geschah, blieb ein Geheimnis. Manchmal verschwand jemand spurlos, ohne dass Fragen gestellt werden durften. Vertrauen war eines unserer obersten Gebote. Heute sehe ich das natürlich anders.«

Ich konnte spüren, wie Giulia gegen ihre Tränen kämpfte, während sie weitererzählte. »Als Il Capo langsam auf mich zukam, wurde mir bewusst, wie klein er eigentlich war. Er beugte sich zu mir hinunter, und ich konnte seinen Atem riechen – ein fauliger Geruch, den ich noch nie zuvor wahrgenommen hatte. Alkohol war bei uns strengstens verboten. Sein Gesicht war bedrohlich nah, als er leise flüsterte: ›Giuletta, man hat mir zugetragen, dass du gegen die Gebote verstößt. Stimmt das?«

Giulia imitierte Il Capos rauchige Stimme nach und fuhr fort: »Ich hatte solche Angst, dass ich nicht wagte, zu antworten. Er hauchte mir ins Ohr, dass ich keine Angst haben müsse, solange ich mich an die Gebote hielt. Dann richtete er sich plötzlich auf, trat einen Schritt zurück und sagte mit lauter und bedrohlicher Stimme: ›Mein Kind! Du darfst deine guten Eltern nicht enttäuschen und musst aufhören, alles zu hinterfragen. Lerne zu vertrauen! Es geht dir doch gut hier! Sei dankbar und befolge meine Anweisungen. Schreibe die zehn Gebote hundertmal auf, und ab sofort werde ich dich jeden Morgen eine Stunde vor dem Unterricht zu mir rufen, damit wir gemeinsam beten können.‹«

Ich konnte sehen, wie Giulia zitterte und dass sie ihre Emotionen kaum noch im Zaum halten konnte. »Charlotte, die folgenden Monate waren die düsterste Zeit meines Lebens«, sagte sie schließlich, ihre Augen voller Schmerz. Sie ließ den

Kopf hängen, und ich spürte, wie sehr sie darunter litt, diese Erinnerungen wieder hervorzuholen.

Ich ließ mich neben sie auf den Boden sinken und nahm sie schützend in meine Arme. In diesem Moment spürte ich den tiefen Kontrast zwischen ihrer Geschichte und meinen eigenen Gedanken, die mir plötzlich so unwichtig erschienen. Ich wusste, dass ich für Giulia da sein musste, ohne mich in meinen eigenen Unsicherheiten zu verlieren. Ein Teil von mir war immer noch bei meinen persönlichen Überlegungen, bei Werner und meinem chaotischen Leben, aber ich schob diese Gedanken beiseite. Hier und jetzt ging es um Giulia, nicht um mich. Ihre Geschichte war es wert, gehört zu werden, und ich wollte sicherstellen, dass sie das Gefühl hatte, nicht alleine damit zu sein.

Giulia kämpfte mit ihren Tränen. Während ich sie festhielt, spürte ich, wie sich meine Gedanken unweigerlich in eine andere Richtung bewegten. Es war schwer, diese Art von Schmerz zu sehen und nicht mitfühlen zu können. Ihre Geschichte berührte mich zutiefst, und während ich Giulia in den Armen hielt, konnte ich nicht anders, als über meine eigene Vergangenheit nachzudenken. Wie oft hatte ich mich in ähnlichen Situationen gefühlt – verloren, allein und voller Zweifel? Wann genau hatte ich angefangen, mich für mich selbst zu schämen? Wann hatte ich mich das letzte Mal gefragt, ob ich überhaupt wertvoll bin?

Werner, oh Werner, er hatte immer dieses seltsame Bild von der perfekten Frau im Kopf. Was genau dieses Bild darstellte, war mir so rätselhaft wie eine Geheimschrift aus dem alten Ägypten. Ich hatte mich zu oft in alle Richtungen verbogen, nur um ihm zu gefallen. Ich fing sogar an, in der Anwaltskanzlei seines Vaters zu arbeiten. Als einzige Nicht-Juristin fühlte ich mich dort so fehl am Platz wie ein Einhorn auf einem Bauernhof, nur dass mir der Glitzer fehlte. Das Personal in den unteren Rängen wechselte öfter als das Wetter in England, und so landete ich oft in der Buchhaltung. Das war schon während meines Studiums meine Hassliebe. Die Bezahlung war okay, aber das Schlimmste war die Kleiderordnung. Aufgetakelt bis zum Geht-nicht-Mehr. Ich bin mir sicher, dass Werner mich nur deshalb in der Kanzlei sehen wollte, damit ich aus meinen Schlabberhosen herauskomme. Hosenanzüge und enge Röcke, igitt. Einmal sagte Werner zu mir, als ich im Minirock und mit Stöckelschuhen in die Kanzlei kam: »Lottilein, ich sehe ein Potenzial in dir.« Und ich Idiotin war sogar noch peinlich berührt und genoss sein »Kompliment«. Ein Kompliment? Wie naiv war ich bloß? Das war alles andere als ein Kompliment. Genau solche Aussagen zerstörten meine Selbstwürde und mein Glauben an mich.

Die Krönung der ganzen Geschichte war, dass er mich dann für das Cowgirl in Las Vegas verlassen hatte. Ein Schlag ins Gesicht – oder besser gesagt, ein Huftritt ins Gesicht meiner Selbstachtung. Denn diese Frau verkörperte alles, was tief in mir drin war und ich ausleben wollte: cool, sportlich, naturverbunden und draufgängerisch. All die Eigenschaften, die Werner kontinuierlich in mir wie ein feuchter Lappen weggewischt hatte.

Wieder einmal stellte ich fest, wie ich mich in meiner eigenen Endlosschleife von Gedanken verlor. Wo war nur meine Aufmerksamkeit geblieben? Giulia meinte, meine humorvolle Art sei eine positive Lebensstrategie, aber ich fühlte mich eher erbärmlich. Ich schaute zu Giulia hinüber, die immer noch tief in ihren Erinnerungen versunken war. Ich konnte nicht einmal meiner neu gewonnenen Freundin ernsthaft zuhören, ohne mich in ihrer Geschichte selbst zu finden. War ich wirklich so egozentrisch? In diesem Moment wusste ich, dass ich mehr über Giulias Erlebnisse erfahren musste – und für sie da sein wollte, ohne in meine eigene Gedankenwelt abzudriften.

Wie konnte sich Giulia von diesem miesen Typen befreien und wie konnte sie danach ihre Selbstachtung wieder zurückfinden?

KAPITEL 11

Ein Stern im Dunkel

Während Giulia und ich schon eine Weile auf dem Boden saßen und uns umarmten, wurde mir klar, dass mein verkrampfter Fuß eine ernsthafte Diskussion darüber geführt hatte, ob er noch Teil meines Körpers sein wollte oder nicht. Schließlich entschied er sich jedoch, sich dem Rest meines Körpers wieder anzuschließen. Das gestaltete sich allerdings schwieriger als gedacht. Die Schneidersitzposition, auch bekannt als ›Lotus‹ in der Yogawelt, hatte mich schon oft in die Bredouille gebracht. Nachdem ich in den Yogastunden eine gefühlte Ewigkeit in dieser Haltung verharrt hatte, spürte ich meine Füße nicht mehr und begann zu befürchten, dass sie sich einfach im Nirgendwo verloren hatten, auf der Suche nach einem besseren Zuhause. Als die Meditation endete, verließ ich den Raum mit dem Gang einer alten Dame, während die anderen Yogis mühelos in die Garderobe hüpften. Es fühlte sich an, als wäre ich auf dem Weg zu einer Geburtstagsfeier für meine Wirbelsäule, während alle anderen auf dem Weg zu einem Jungbrunnen waren!

Um Giulia dieses erbärmliche Schauspiel zu ersparen, beschloss ich, meine Beine zu strecken und meine Füße durch eine kreisende Bewegung wiederzubeleben. Das Blut strömte zurück in meine Gliedmaßen und ein angenehmes Kribbeln durchzuckte meinen Körper. Schließlich löste ich mich vorsichtig von Giulia und bemerkte, wie sie sich die Tränen aus den Augen wischte. »Ich bin so dankbar, dass du da bist, Charlotte!«, schluchzte sie. Ihre Offenheit und ihr Schmerz erinnerten mich daran, wie zerbrechlich menschliche Beziehungen und das eigene Wohlbefinden sein können. Die Fragen, die ich mir stellte, waren ebenso klar wie dringlich: Wie ging es weiter? Welche weiteren Prüfungen würden ihr noch bevorstehen?

»Haben deine Eltern denn überhaupt etwas unternommen?«, fragte ich, während ich versuchte, meine eigene Unruhe zu unterdrücken. Giulias Augen waren immer noch glänzend von den Tränen. »Die Unfähigkeit meiner Eltern, meine Sorgen und Ängste zu verstehen, war wie ein undurchdringlicher Nebel, der sich um unsere Familie legte. Ich versuchte verzweifelt, sie davon zu überzeugen, dass unsere vermeintliche Gemeinschaft in Wahrheit eine regelrechte Diktatur unter Il Capos Herrschaft war. Doch meine Worte verhallten in der Verehrung für den Anführer.«

Kopfschüttelnd hörte ich Giulia aufmerksam zu, als sie fortfuhr: »Jeden Morgen erlebte ich die Grausamkeiten von Il Capo, während meine Eltern blind vor Bewunderung waren. Für sie war er ein visionärer Anführer, der das Beste für uns alle wollte. Meine Versuche, sie von der Wahrheit zu überzeugen, wurden als nichts weiter als rebellisches Verhalten einer aufsässigen Jugendlichen abgetan, die nach Aufmerksamkeit heischte.«

Nach einem Moment der Stille, sammelte sich Giulia schließlich wieder und setzte ihre Geschichte fort. »Die Verzweiflung und der Schmerz, den ich durchlebt habe, waren kaum zu ertragen«, sagte sie leise. Sie klang so zerbrechlich.

»Es war eine Zeit des Unrechts, und ich fühlte mich vollkommen allein, als ob alle Hoffnung verloren wäre.« »Was passierte dann?«, fragte ich, kaum im Stande, lauter als Flüsterton zu sprechen. »Ich wurde aus der Kommune ausgeschlossen und landete in einem Kloster irgendwo auf dem Land«, erzählte Giulia mit einer Mischung aus Bitterkeit und Resignation. Ihre Worte trugen eine tiefe Traurigkeit in sich.

»Konntest du nicht die Polizei rufen? Und was war dann mit deinen Eltern?«, fragte ich ungläubig, als ich versuchte, die Ungeheuerlichkeit der Situation zu begreifen.

»Il Capo war auf solche Widerstände vorbereitet«, begann Giulia, während sie sich an die Ereignisse erinnerte. »Er hatte so viel Geld und Einfluss in der Politik, dass er nichts zu befürchten hatte.« Sie machte eine kurze Pause, um tief Luft zu holen, bevor sie fortfuhr. »Jahre später erfuhr ich dann, dass er ein großer Sektenführer ist.« Während sie fortfuhr, ordnete sie ihre Gedanken. »Unsere kleine Kommune war nur eine von vielen, die er wie Dominosteine umstößt, während er sein perfides Spiel treibt.«

Giulia sprach leiser, als sie sich an diese Zeit zurückerinnerte: »In diesem Kloster war ich von der Außenwelt abgeschottet. Doch ich hatte das Glück, eine Klosterschwester zu treffen, die wie eine wandelnde Enzyklopädie in Menschengestalt wirkte. Mit ihrem strengen Blick und ihrer unerbittlichen Haltung konnte sie selbst die hartnäckigsten Schüler in die Knie zwingen. Doch unter dieser eisernen Fassade verbarg sich ein Herz aus Gold und ein unerschöpflicher Vorrat an Weisheit. Sie unterrichtete mich nicht nur in den üblichen Fächern wie Geschichte und Mathematik, sondern lehrte mich auch die Kunst des Überlebens in einer Welt, die so undurchsichtig war wie ein Labyrinth ohne Ausgang.«

Giulia fuhr mit einem Lächeln fort: »Dank ihr konnte ich mit 19 Jahren mein Köfferchen packen und ein Gymnasium in der Nähe besuchen, um meine Matura zu machen.« Eine kurze Pause folgte, während sie sich an ihre Kindheit erinnerte. »Ja, diese Klosterschwester war meine Rettung, mein Ausweg in diesem Labyrinth der Ignoranz und Einsamkeit. Sie war wie ein strahlender Stern.«

Giulia hielt inne, und ich spürte, wie die Emotionen in ihr hochkochten. »Ich zeigte meine Dankbarkeit, indem ich ihr Wissen wie ein durstiger Schwamm aufsog«, sagte sie sanft. »Mit ihrer Hilfe und Unterstützung konnte ich nicht nur meine Matura machen, sondern auch mein Selbstvertrauen stärken und mich für die Welt außerhalb des Klosters vorbereiten.« Eine weitere Pause folgte, um die Bedeutung dieser Worte zu unterstreichen, während die Tränen langsam über ihre Wangen rollten.

Ich war so ergriffen von Giulias Erzählung, dass es mir schwerfiel, meine Tränen zurückzuhalten. »Das ist wirklich berührend, Giulia. Du hast so viel durchgemacht. Ich bin froh, dass du diese Klosterschwester hattest.« Giulia sah mich mit Tränen in den Augen an. »Ja, das bin ich auch. Sie ermutigte mich, meinen eigenen Weg zu gehen. Als ich schließlich das Kloster verließ und in die Welt hinausging, um mein eigenes Leben zu führen, trug ich die Lehren und die Güte der Klosterschwester in meinem Herzen.« Giulia machte eine kurze Pause: »Ihre Worte und ihre Fürsorge begleiten mich auf meinem Weg und helfen mir heute noch, die Herausforderungen des Lebens zu meistern.«

Giulia schloss ihre Erzählung mit einem dankbaren Lächeln: »Obwohl ich sie seitdem nicht mehr gesehen habe, bleibt sie für immer ein wichtiger Teil meiner Geschichte.«

Ich konnte nicht anders, als von Giulias Erzählung tief berührt zu sein. Ihre Geschichte ließ mein Herz schwer werden, aber gleichzeitig bewunderte ich ihre Stärke und ihren Mut, sich trotz aller Widrigkeiten durchzukämpfen.

KAPITEL 12

Der Preis der Wahrheit

»Du warst also neun Jahre in diesem Kloster mehr oder weniger gefangen?« »Ja, fast«, antwortete Giulia. Sie schaute mich an und endlich sah ich wieder dieses freudige Strahlen in ihren Augen. »Aber es gab einen wunderschönen Klostergarten, in dem alle möglichen Kräuter und Blumen gepflanzt wurden. Auch wenn das Klosterleben für mich eine Art Freiheitsberaubung war, fühlte ich mich dort sicher. Ich konnte endlich Fragen stellen und zumindest gedanklich die Welt entdecken. Natürlich vermisste ich meine Eltern, aber ich hatte mir eine Strategie zugelegt, um nicht mehr an sie zu denken. Ich verlor mich in meiner imaginären Welt, um der Realität zu entkommen.«

Während ich Giulia zuhörte, fühlte ich eine Verbindung zu ihr, die tiefer ging, als ich es je für möglich gehalten hätte. Obwohl unsere Lebenserfahrungen unterschiedlich waren, konnte ich den Schmerz und die Einsamkeit nachvollziehen, die sie durchgemacht hatte. Ich konnte mich in ihre Gefühle hineinversetzen, als ob ich sie selbst erlebt hätte. Und ihre

Träume von Abenteuern konnte ich jetzt besser verstehen. Wie musste es für einen jungen Menschen sein, jahrelang in einem System ohne Familie eingesperrt zu sein? Ich konnte es mir kaum vorstellen.

Im Vergleich zu Giulias Leben kam mir meines wie ein Spaziergang vor. Ihr Leben war ein Hürdenlauf olympischer Disziplin. Warum konnten Menschen wie sie so schwierige Lebensumstände wegstecken und für sich einen Weg finden? Warum steckte ich immer im gleichen Schlamassel? War ich doch die Dramaqueen, für die mich meine Mutter in meiner Kindheit hielt?

Ich sollte mich nicht so aufführen, nur weil sie von uns wegging. Sie sei eben für ein anderes Leben bestimmt, sagte sie damals und hinterließ meinen Papa, meinen Bruder und mich mit einem »C'est la vie!«, als wäre das das Normalste der Welt. Auch wenn ich meine Mutter für ihren Egoismus fast beneidete und für ihre Gabe, alles hinter sich zu lassen im Sinne von »Hinter mir die Sintflut«. Sie beschloss, die Welt zu erobern – oder zumindest Ibiza. Dort glaubte sie, ihren Glanz noch strahlender ausleben zu können. Ob sie auf der Suche nach dem vermeintlichen Glück gefunden hat, was sie suchte, bleibt bis heute ein Rätsel für mich. Aber ich muss zugeben, dass ich mit einer gewissen Bitterkeit feststellen musste, dass sie nicht mehr die Person ist, die ich einst kannte. Trotz ihrer egozentrischen Lebensweise und ihrer Neigung zur Selbstdarstellung war sie auf ihre eigene Art und Weise herzlich. Früher konnte ich sogar gelegentlich einen Hauch von Selbstironie bei ihr erkennen.

Heute jedoch ist sie mir so fremd wie ein funkelnder Edelstein, dessen innerer Kern von einer undurchdringlichen Hülle aus egozentrischer Selbstdarstellung verborgen ist.

Ich fragte mich, warum Menschen wie sie, Il Capo oder Werner sich nicht um die Schäden kümmern, die sie anrichten? Aber das brachte mich in diesem Moment nicht weiter; Giulias Schmerz war real und hier, und nichts von dem, was ich tat, würde das rückgängig machen.

Ich legte meine Hand sanft auf Giulias Arm, um ihr meine Unterstützung zu zeigen. »Giulia«, begann ich voller Mitgefühl, »ich kann mir nur ansatzweise vorstellen, was du durchgemacht hast. Aber ich bewundere deine Stärke und deinen Mut, dich durch all das durchzukämpfen. Du bist eine unglaublich starke Person, und ich bin dankbar, dass ich hier bei dir bin.«

Ich versuchte meine Gedanken zu sammeln, bevor ich fortfuhr: »Ich möchte, dass du weißt, dass du nicht allein bist. Ich bin hier, um dir zuzuhören und dich zu unterstützen, wie du es für mich getan hast. Gemeinsam werden wir einen Weg finden, um in eine bessere Zukunft zu blicken.« Bei diesen Worten erhellte sich Giulias Miene und sie schenkte mir ein breites dankbares Lächeln.

»Und wie ging es mit deinen Eltern weiter? Ich erinnere mich, sie hier gesehen zu haben, aber das ist schon einige Jahre her«, fragte ich einfühlsam, während ich Giulia aufmerksam ansah. Giulia seufzte schwer: »Es ist eine komplizierte Geschichte«, begann Giulia zögernd. »Nachdem ich ins Kloster geschickt wurde, hatte ich lange keinen Kontakt mehr zu ihnen. Erst viele Jahre später erfuhr ich, was in ihrer Welt geschehen war, während ich in meiner eigenen gefangen war ...« Giulia stockte kurz in ihrer Erzählung.

Da ich meiner Freundin etwas Zeit geben wollte und bemerkt hatte, dass unser Tee mittlerweile kalt geworden war, fragte ich sie: »Möchtest du einen frischen Tee?« Giulia nickte leicht. »Ja, das wäre gut.«

Ich stand auf und begab mich in die Küche, die wie das Wohnzimmer eine liebevolle Mischung aus warmen Tönen und geschmackvoller Details war. Über der Spüle hing ein kleiner Kräutergarten in bunten Töpfen, der den Raum mit seinem Duft erfüllte und an die italienische Küste erinnerte. Die Regale waren voll mit kleinen hübsch handbeschrifteten Tongefäßen, die mit den unterschiedlichsten Gewürzen gefüllt waren. Auf einem Regal weiter unten fand ich verschiedene Teesorten, die ordentlich in Päckchen aufgereiht waren. Ich griff instinktiv zur Bergkräuterteemischung, die die Sinne beleben sollte und entdeckte auch gleich Giulias Teekanne, die eher an ein Souvenir aus China erinnerte. Während das Wasser kochte, ließ ich meinen Blick über die Küche schweifen. Es war ein Ort voller Geborgenheit und Ruhe. Ich atmete tief durch und genoss diesen Moment der kleinen Auszeit, bevor ich mich wieder Giulia zuwandte.

Ich kehrte mit der Teekanne zurück und schenkte ihr den dampfenden Tee in ihre Tasse ein. Sie nahm dankend einen kleinen Schluck und begann erneut zu erzählen.

»Es geschah, als ich als Journalistin für eine Zeitung arbeitete«, sagte sie nachdenklich. »Kurz nach dem Abschluss meines Journalismus-Studiums in Bologna wurde ich zu einer Veranstaltung eines Populisten geschickt. Er nannte sich selbst Philosoph und war in den Medien durch seine gesellschaftskritischen Äußerungen sowohl bekannt als auch umstritten. Ich sollte einen Artikel über seine Macht der Täuschungen schreiben.«

»Ein Populist-Philosoph? Klingt wie eine Mischung aus einem Zirkusclown und einem ernsthaften Denker«, scherzte ich mit einem Augenzwinkern, während ich Giulia aufmunternd anlächelte. »Aber im Ernst, das klingt nach einer ziemlich abenteuerlichen Geschichte! Wer hätte gedacht, dass du in deinem Journalismus-Job auf solch kuriose Gestalten treffen würdest? Aber, das ist doch der Nervenkitzel des Berufs, oder?«

Ich wollte Giulia mit meinen versucht lustigen Kommentaren wieder zum Lächeln bringen. Es zeigte seine Wirkung und sie lächelte trotz ihrer nachdenklichen Miene. »Oh ja, definitiv ein Nervenkitzel«, stimmte sie zu und lockerte sich etwas auf. »Ich liebte diesen Beruf! Bologna war nicht nur der Ort, an dem ich mein Journalismus-Studium absolviert und meinen ersten Job angenommen habe, es war auch eine

Zeit voller unvergesslicher Erlebnisse. Die Atmosphäre dieser alten, pulsierenden Stadt, die kulinarischen Köstlichkeiten, die ich entdeckte, und die lebendige Kultur haben mein Leben wirklich bereichert. Es war eine Zeit des Wachstums und der Selbstentdeckung. Ich erinnere mich noch an die endlosen Diskussionen in den gemütlichen Cafés und die inspirierenden Vorlesungen an der Universität. Bologna hat mich geprägt und wird immer einen besonderen Platz in meinem Herzen haben.«

Mit einer ernsteren Miene sprach Giulia dann weiter. »Gleich nach meinem Studium hatte ich mich sehr intensiv mit dem Thema Sekten und deren psychische Abhängigkeit beschäftigt. Ich konnte meine Vergangenheit vor mir selbst nicht länger leugnen und wollte wissen, was mit meinen Eltern passiert war. Eine gewisse Ahnung, in welcher Sekte meine Eltern möglicherweise waren, verfolgte mich. Es war mein innerer Wunsch, sie wiederzusehen, falls sie noch lebten. Doch ich traute mich nicht, öffentlich gegen diese Sekte anzukämpfen, aus Angst, meine Eltern zu gefährden.«

Plötzlich begann Giulia zu frösteln und trotz der wohligen Wärme im Zimmer hüllte sie sich instinktiv in die Decke, die sie vom Sofa nahm. Sie nahm noch einen Schluck Tee und fuhr mit ihrer Erzählung fort: »Während der Vortrag lief, fesselte mich auch die Rede des Populisten. Er nannte sich selbst Philosoph, doch für mich wirkte er eher wie ein geschickter Manipulator, der die Ängste und Unsicherheiten der Menschen für seine eigenen Zwecke ausnutzte. Seine

Worte waren wie ein gefährlicher Sog, der die Massen anzog und gleichzeitig kritische Geister erstickte. Er sprach über gesellschaftliche Missstände, über das Gefühl der Entfremdung in einer immer schnelllebigeren Welt, über die Sehnsucht nach Sicherheit und Identität. Und dabei vermischte er geschickt Halbwahrheiten mit Lügen, um seine Agenda voranzutreiben.«

Ich nickte verstehend, während Giulia weitererzählte. »Sein Charisma und seine Überzeugungskraft waren beeindruckend, das muss ich zugeben. Aber tief in meinem Inneren spürte ich eine unheimliche Leere, eine Warnung vor den dunklen Absichten dieses Mannes. Er schien die Kunst der Manipulation perfektioniert zu haben, und seine Anhänger hingen an seinen Lippen wie hypnotisiert. Es war beängstigend zu sehen, wie leicht Menschen bereit waren, ihre Vernunft über Bord zu werfen und sich einer Ideologie zu unterwerfen, die letztendlich nur Macht und Kontrolle anstrebte.«

Giulia seufzte schwer: »In diesem Moment wurde mir klar, dass ich nicht nur gegen Il Capo und seine Sekte kämpfte, sondern gegen eine viel größere Bedrohung, die sich in den Köpfen vieler Menschen festgesetzt hatte. Der Populist verkörperte für mich alles, wogegen ich antrat: die Manipulation, die Lügen, die Ausnutzung von Angst und Unsicherheit. Und ich wusste, dass ich nicht aufgeben durfte, egal wie aussichtslos es schien.«

Die Worte »Manipulation« und »Lügen« hatten auch für mich seit gestern eine konkrete Bedeutung bekommen, als ich erfuhr, dass meine vermeintlich beste Freundin Angela und mein Werner eine Affäre hatten.

Durch Giulias Geschichte wurde mir klar, dass unser Experiment zur Entschlüsselung des Geheimnisses des Glücks nicht nur uns, sondern auch anderen Menschen helfen könnte, die manipuliert und belogen wurden. Ich erkannte, dass das Bewusstsein über die Mechanismen der Manipulation und die Stärkung der eigenen Resilienz entscheidend waren, um sich gegen solche Einflüsse zu schützen.

Ich träumte davon, unsere Erkenntnisse zu einem Leitfaden für Menschen zu machen, die ähnliche Herausforderungen durchlebten wie ich und Giulia.

Doch als ich merkte, wie sich meine Gedanken erneut verselbstständigten und mein inneres Karussell wieder Fahrt aufnahm, zwang ich mich, mich wieder auf Giulias Worte zu konzentrieren. Sie zögerte und ich spürte, dass das, was sie als Nächstes sagen würde, ihre Geschichte in eine völlig neue, vielleicht noch tiefere und erschütterndere Richtung lenken würde.

Was auch immer sie mir als Nächstes erzählen würde – ich war bereit, an ihrer Seite zu stehen und sie zu unterstützen.

KAPITEL 13

Der lange Atem des Wartens

Giulia begann weiterzuerzählen, und ich konnte die Spannung fast greifbar spüren. »Bei dieser Veranstaltung sah ich in den ersten Reihen eine Gruppe sitzen, abgesondert vom Rest. Als Journalistin hatte ich das Privileg, weit nach vorne zu gelangen. Tausende Menschen bevölkerten die riesige Halle, aber meine Aufmerksamkeit wurde sofort von dieser speziellen Gruppe angezogen. Schon seit Jahren hatte ich einen geschulten Blick für Menschengruppen und versuchte mir vorzustellen, dass es unsere Kommune war. Diesmal hatte ich Glück. Es waren mir bekannte Gesichter, wenn auch schon gezeichnet von den Jahren. Und da ... ich konnte es kaum glauben, meine Mama und mein Papa saßen dort.«

Ein Schauer lief mir den Rücken hinunter, und ich spürte, wie sich meine Haut in Gänsehaut verwandelte. Der Gedanke, wie es für Giulia gewesen sein musste, ihre Eltern nach so vielen Jahren wiederzusehen, ließ mein Herz schneller schlagen. »Das muss unglaublich gewesen sein. Wie hast du dich in diesem Moment gefühlt?«, fragte ich leise, meine eigene Aufregung kaum verbergend.

Giulia hielt einen Moment inne, als ob sie die richtigen Worte suchte. »Es war, als ob die Zeit für einen Augenblick stillstand. Gleichzeitig war ich traurig über das, was ich sah. Meine Eltern wirkten mager, müde und traurig. Die einstige Begeisterung für das Leben schien aus ihren Augen gewichen zu sein. Ich hatte mir die Begegnung schon unzählige Male vorgestellt. Schreien und Schimpfen, Vorwürfe und Anklagen – all das spielte sich in meinem Kopf ab. Doch von all dem war nichts mehr übrig. Ich wollte nur zu ihnen, sie umarmen und nie wieder loslassen. Es war gefährlich, sie in der Öffentlichkeit anzusprechen, also wartete ich geduldig bis zur Pause.«

Als Giulia fortfuhr, spürte ich die Intensität ihrer Emotionen. Ich versuchte, mich in ihre Lage zu versetzen, während sie von den Stunden des Wartens sprach. Sie zitterte. Ich konnte die Unruhe förmlich spüren, die sie durchlebte. Diese unaufhörliche Spannung und das Gefühl des Stillstands waren mir nur zu vertraut.

Meine Gedanken drifteten ab. Ich erinnerte mich an einen sonnigen Sonntagmorgen, an dem ich frisch verliebt auf Werner wartete. Jede Minute zog sich wie zäher Sirup dahin, und meine Unruhe wuchs mit jedem vergehenden Moment. Die Ungewissheit, ob er kommen würde, quälte mich, und ich konnte mich nicht beruhigen. Er hatte mir doch versichert, dass er mich liebte und nicht Angela. Die ganze Situation war wie eine Geduldsprobe, die mich bis an meine Grenzen brachte. Als Werner schließlich auftauchte, war ich zwar erleichtert, aber durch seine vage Entschuldigung auch gleichzeitig frustriert. Diese Erfahrung war für mich nicht nur ein lästiges Warten, sondern eine bittere Lektion in Geduld und Erwartungen. Vielleicht hätte ich ihm damals wirklich eine Uhr schenken sollen, damit er das Konzept der Zeit besser verstehen würde.

Ich fragte mich, wie Giulia in dieser angespannten Situation so ruhig bleiben konnte. Ich selbst wäre wahrscheinlich wie ein aufgescheuchtes Eichhörnchen umhergesprungen und hätte verzweifelt versucht, die Aufmerksamkeit meiner Eltern auf mich zu lenken.

Während ich darüber nachdachte, spürte ich die Nervosität, die Giulia noch immer begleitete. Mit einem tiefen Atemzug setzte ich mich im Schneidersitz auf das Sofa, meine Ellenbogen auf den Knien abgestützt. Mein Kinn ruhte in meinen Händen, und ich starrte Giulia mit weit aufgerissenen Augen an, um ihr zu zeigen, dass ich ganz Ohr war. »Und was geschah dann? Wie hast du die Begegnung mit deinen Eltern erlebt?«, fragte ich sanft, um sie dazu zu ermutigen, weiterzuerzählen.

Giulia atmete tief ein und fuhr fort: »Meine Gedanken wirbelten wild durcheinander, und ich fragte mich, wie sehr sich meine Eltern wohl verändert hatten und was sie durchmachen mussten. Es war, als ob ein unsichtbares Gewicht auf meinen Schultern lastete, und ich konnte kaum stillsitzen vor Ungeduld. Als die Pause endlich kam, war ich bereit, alles aufzugeben, um endlich bei ihnen zu sein.«

Der Ausdruck auf Giulias Gesicht sprach Bände, und ich konnte ihre Erleichterung spüren. Die Geduld, die sie aufgebracht hatte, um ihre Eltern zu finden, war unglaublich beeindruckend. Es zeigte mir erneut, wie viel Stärke und Ausdauer sie in ihrem Leben aufgebracht hatte.

Mit einem weiteren tiefen Atemzug erzählte Giulia weiter: »In dieser Situation wurde mir klar, dass jeglicher Kontakt mit Außenstehenden in der Sekte strengstens verboten war. Deshalb suchte ich in der Pause einen abgelegenen Ort, um sicherzustellen, dass nur meine Eltern mich entdecken würden. Also entschied ich mich, mich hinter einer Säule zu verstecken, und hoffte, dass mein Plan funktionieren würde.« Während sie sprach, schweifte Giulias Blick aus dem großen Wohnzimmerfenster, als suchte sie draußen im Garten nach den Erinnerungen.

»Als die Gruppe, in der meine Eltern waren, sich der Säule näherte, spürte ich, wie mein Herz schneller schlug. Eine Mischung aus Aufregung und Angst durchströmte mich, während ich darauf wartete, von ihnen entdeckt zu werden. Ich konnte das leise Gemurmel der Gruppe hören, während sie sich langsam näherte. Jeder Schritt, den sie näherkamen, ließ meinen Puls schneller werden.« Ich spürte, wie mein Herz auch schneller zu schlagen begann, als Giulia ihre Erzählung fortsetzte: »Ein Knoten bildete sich in meinem Magen, und meine Hände wurden feucht vor Nervosität. Trotzdem blieb ich ruhig und konzentrierte mich darauf, nicht entdeckt zu werden. Als die Gruppe schließlich direkt vor der Säule stand, hielt ich den Atem an und hoffte, dass meine Eltern mich sehen würden.«

Ich hielt mich regungslos, um Giulias Erzählung nicht zu unterbrechen. »Mama und Papa standen am Rande der Gruppe, scheinbar emotionslos und unbeeindruckt von der geschäftigen Szene um sie herum. Mein Glück war, dass sie sich direkt neben meiner Säule befanden. Ich spürte meinen Herzschlag lauter als das Gemurmel der Menschen um mich herum. Ein Kloß bildete sich in meinem Hals, als ich ein paar Münzen aus meiner Tasche nahm und sie in ihre Richtung auf den Boden warf.«

Giulia machte eine kurze Pause und fuhr leise fort: »Das Klirren der Münzen war kaum zu hören, überlagert vom Lärm der Menge. Ich hielt den Atem an, als eine Münze zu Papas Schuh rollte. Meine Hand zitterte leicht, als ich beobachtete, wie er sich bückte und sich umsah. Mein Herz raste vor Aufregung, als ich darauf wartete, dass er mich entdecken würde. Als seine Augen auf meine trafen, geriet ich in Panik. Er sah mich durchdringend an. Einen Moment lang schien die Zeit stillzustehen. Dann zwickte er Mama in den Ärmel, und ich konnte sehen, wie sich ihr Gesicht veränderte, als sie seinem Blick folgte.«

Als Giulia dies erzählte, konnte ich nicht anders, als ein leises Aufseufzen von mir zu geben, als müsste die ganze

Anspannung durch irgendein Ventil aus mir heraus. Meine Freundin schien so in ihren Erinnerungen gefangen zu sein, dass sie mich gar nicht mehr wahrnahm. Gespannt wartete ich darauf, wie ihre Geschichte weiterging.

Giulia hielt einen Moment inne, als ob sie sich sammeln müsste. Dann fuhr sie fort: »Als Mama und Papa mich entdeckten, war ihr erster Ausdruck einer von Verwirrung und Schmerz. Ihre Augen füllten sich mit Tränen, und ich hätte schwören können, dass ich das Zittern ihres Körpers spüren konnte – selbst aus der Entfernung.«

Ich nickte verständnisvoll und rückte ein Stück näher zu ihr. »Das muss unglaublich schwer gewesen sein, Giulia. Wie haben sie reagiert?« »Sie standen einfach da, regungslos, wie in einer Schockstarre«, antwortete Giulia und zitterte leicht. »Ich wusste, dass ich vorsichtig sein musste. Also hob ich unauffällig meinen Finger und deutete ihnen, nichts zu sagen.« »Du hast also die Initiative ergriffen?«, fragte ich beeindruckt. Giulia nickte. »Ja. Ich bewegte mich langsam von der Säule weg und suchte unter einer großen Treppe Schutz. Meine Knie zitterten vor Anspannung, und ich konnte kaum glauben, dass mein Plan tatsächlich aufging. Dann sah ich, wie Mama und Papa langsam auf mich zukamen. Ihre Gruppe war schon außer Sichtweite, und ich spürte, wie sich ihre Schritte beschleunigten.« »Und dann?«, fragte ich ungeduldig. »Plötzlich löste sich Mama aus ihrer Starre und rannte auf mich zu. Sie breitete ihre dünnen Arme aus, und ihre Augen strahlten vor unendlicher Freude.« Sie lächelte schwach, während sie sich an den Moment erinnerte. »Es fühlte sich an, als würde die Zeit für uns kurz stillstehen. In diesem Augenblick wusste ich, dass wir endlich wieder zusammen waren.«

Giulia hielt kurz inne und setzte dann ihre Erzählung mit einem nachdenklichen Blick fort: »Dann ging alles schnell! Plötzlich durchdrang der Ruf der anderen Sektenmitglieder nach meinem Vater die Luft, der uns aus unserer zeitlosen Umarmung riss und uns in die raue Realität zurückzerrte. »Lorenzo, Lorenzo!« Noch heute höre ich diese Stimmen nachklingen. Der Gedanke an die möglichen Konsequenzen für meine Eltern schickte mir in diesem Moment einen kalten Schauer über den Rücken. Ich wusste nur zu gut, welches Schicksal ihnen drohte, wenn sie erwischt werden würden – Folter, Bestrafung, vielleicht sogar Schlimmeres. Die düstere Realität der Sekte, in der sie gefangen waren, war mir durch meine ausgiebigen Recherchen bekannt.«

»Es ist für mich unbegreiflich, wie grausam Menschen sein können«, sagte ich leise. Giulia schluckte schwer, als sie fortfuhr: »In Panik nahm ich die Hand meiner Mutter und zog sie mit mir, ohne über Konsequenzen nachzudenken. Der Impuls, sie zu retten, war so groß. Ich rannte los, den Tränen nahe. »Papa, komm!«, schrie ich verzweifelt, in der Hoffnung, ihn aus seiner trüben Trance zu reißen. Doch er schien wie betäubt. Es ist üblich, Sektenmitglieder mit Drogen und starken Beruhigungsmitteln gefügiger zu machen.«

Als Giulia weitersprach, ballte sie ihre rechte Hand zu einer

Faust. »Plötzlich, wie aus einem Albtraum erwacht, packte meine Mutter mit neu erwachter Entschlossenheit meine Hand fester und rief: »Lorenzo, Schatz, lauf! Unsere Giulia ist wieder bei uns!« Ihre Worte waren wie ein Weckruf für meinen Vater. Endlich sah er zu uns herüber und brach aus seiner Starre aus. Mit neuen Kräften rannten wir vorwärts, jeder Schritt ein Kampf gegen die Gefahr, die uns umgab.«

Giulia hielt einen Moment inne. Ihre Miene verriet eine Mischung aus Traurigkeit und Hoffnung, als sie die Erinnerungen an jenen Moment Revue passieren ließ.

»Wir hasteten zum Ausgang, unsere Herzen pochten wild vor Angst und Eile, während wir uns durch die wartende und rauchende Menschenmenge drängten. Die Spannung in der Luft war greifbar. Die Zeit war unser größter Feind, denn bald würde die Sekte alarmiert werden und mit aller Macht nach meinen Eltern suchen.«

Giulia hatte ihre Eltern aus den Fängen einer Sekte gerettet, hatte um ihr Leben gekämpft – und ich? Ich saß hier, auf dem bequemen Sofa, das mehr Komfort als Herausforderung bot, und sinnierte darüber, wie wenig Drama mein Leben doch im Vergleich hatte.

Vielleicht, dachte ich, war es Zeit, auch um das zu kämpfen, was mir wichtig war. Kämpfen … Das war Giulias Geschichte, nicht meine. Meine Kämpfe sahen anders aus. Kleine, stille Entscheidungen, die ich vor mir herschob.

Während ich so in Gedanken versunken war, merkte ich,

dass ich vielleicht doch ein wenig mehr Tatkraft in mein Leben bringen sollte. Nicht, um alles umzuwälzen, sondern um sicherzustellen, dass ich am Ende sagen konnte: »Ja, das war mein Leben, und es war gut, so wie es war.«

KAPITEL 14

Die Kunst des Vergebens

Ich konnte sehen, wie sich die Anspannung bei Giulia langsam löste. Sie schenkte uns beiden noch einen Tee ein, setzte sich dann gemütlich zurück und nahm ihre Tasse in beide Hände. Diese Geste und wie sie sich in das weiche Sofa sinken ließ, gaben mir das Gefühl, dass ihre Geschichte ein gutes Ende nehmen würde. Auch bei mir fiel die Spannung von den Schultern, als ob wir gemeinsam etwas geschafft hätten.

Giulia lächelte erleichtert und begann zu erzählen: »Zum Glück kannte ich ein kleines gemütliches Café um die Ecke, einen Ort, der uns vorerst Zuflucht bot. Der Besitzer Leonardo, ein freundlicher älterer Italiener, war so ruhig und gelassen. Ich erzählte ihm von unserer verzweifelten Lage. Obwohl er nicht ganz verstand, was vor sich ging, öffnete er uns, ohne zu zögern die Tür zu seiner Wohnung oben über dem Café.«

»Wow, das klingt nach einem echten Lichtblick in dieser ganzen Situation«, sagte ich beeindruckt. »Zum Glück kanntest du das Café.«

»Ja, es war wirklich unsere einzige Chance«, fuhr Giulia fort. »Leonardos Wohnung war klein, aber gemütlich. Der Boden war mit flauschigen Teppichen ausgelegt. Es gab Holzregale, die voller alter Bücher und Erinnerungsstücke waren. Das Wohnzimmer ging über in eine kleine Küche. Man konnte den Duft von frisch gebackenem Brot und italienischen Kräutern riechen. Die Fenster mit Blick auf die belebte Straße darunter waren mit einfachen Vorhängen dekoriert. Vorsichtshalber zog ich die Vorhänge zu.«

Ich konnte Giulias Erleichterung spüren, als sie weitererzählte: »Endlich waren wir allein. Meine Eltern erzählten mir von ihren verzweifelten Versuchen, mich zu finden. Papa flehte fast um Vergebung, und Mama sprach gebrochen über ihre gescheiterten Fluchtversuche. Sie hatten alles versucht, aber die Sekte hielt sie gnadenlos zurück. Sie waren wie betäubt und gefangen in einem Netz aus Lügen.«

»Diese Wiedervereinigung muss unglaublich emotional gewesen sein«, sagte ich mitfühlend. »Ja, das war es. Die Tränen flossen unaufhörlich«, erzählte Giulia. »Wir lagen uns in den Armen, unsere Herzen waren schwer von Erleichterung und Schmerz zugleich. Ich hörte die Worte meiner Eltern, und ich wusste, dass es an der Zeit war, die Vergangenheit hinter uns zu lassen und eine Zukunft aufzubauen.«

Ich konnte nicht anders, als meine Freundin für ihre Stärke zu bewundern. »Ich kann mir gar nicht vorstellen, wie erschöpft ihr gewesen sein musstet!«

Giulia lächelte, als sie weitererzählte: »Ja, das war alles sehr aufreibend. Zum Glück kam Leonardo, der alte Café-Besitzer, gegen Mitternacht mit einem kleinen Snack vorbei und machte das Sofa zum Schlafen bereit. Meine Eltern ließen sich erschöpft darauf nieder, und ich saß daneben, beobachtete sie beim Schlafen und dachte, dass endlich Frieden in unser Leben eingekehrt war.«

»Nach all dem Stress endlich Ruhe«, bemerkte ich leise. »Ja«, sagte Giulia nachdenklich. »Es fühlte sich an, als wäre ich in einem Traum gefangen. Ich kniff mich immer wieder, um sicherzugehen, dass das alles wirklich passierte. Doch wir waren wieder zusammen, vereint in diesem kleinen, schützenden Raum.«

Ich nickte zustimmend und Giulia lächelte mich breit an. »In dieser Ruhe begann ich, über die Vergangenheit nachzudenken«, sagte Giulia. »Über all die Erwartungen und Enttäuschungen. Ich erkannte, dass das Leben oft anders verläuft, als man es plant. Aber trotz aller Rückschläge gab es auch Momente des Glücks und der Hoffnung, die einem die Kraft gaben, weiterzumachen.«

Nach einer kleinen Pause strich sich meine Freundin eine Locke aus dem Gesicht. »Es ist so befreiend, dir meine Geschichte zu erzählen«, sagte sie leise. »Für so lange Zeit habe ich mich damit beschäftigt, die Vergangenheit zu bewältigen, aber jetzt fühlt es sich an, als ob eine große Last von meinen Schultern genommen wurde.«

Als ich erkannte, wie Giulia trotz all des Schmerzes und der Schwierigkeiten so viel Stärke mobilisierte, konnte ich nicht anders, als an mein Leben zu denken. Warum war es mir so schwergefallen, meiner Mutter zu verzeihen, die mich oft enttäuscht und im Stich gelassen hatte. Vielleicht waren es die jahrelange Enttäuschung und die gebrochenen Versprechen, die es für mich so schwer machten. Vielleicht hatte ich zu hohe Erwartungen an sie und konnte nicht akzeptieren, dass sie nicht perfekt war. Vielleicht war es aber auch meine eigene Verbissenheit, die mich daran hinderte, die Dinge einfach loszulassen und weiterzugehen. Und dann war da noch Werner, der mich so oft enttäuscht hatte, aber dennoch einen Platz in meinem Herzen behielt. Ich verstand nicht, warum ich ihn nicht einfach gehen lassen konnte. Vielleicht war es der Stolz, der mich davon abhielt, ihm gegenüber nachzugeben. Oder vielleicht war es die Angst, dass Vergebung bedeutete, dass ich die Kontrolle verlieren würde.

Und meine angeblich beste Freundin Angela, der ich jahrelang vertraut hatte und die mich hinter meinem Rücken mit meinem Mann betrog. Wie konnte ich ihr jemals vergeben? Das Gefühl, hintergangen worden zu sein schnürte mir die Kehle zu und ließ mir keine Luft.

In diesem Moment bemerkte ich aber auch, dass ich anstelle des endlosen Gedankenkarussells meine Gefühle in klare Gedanken ordnen konnte. Ich verstand jetzt, dass ich vielleicht einfach zu hohe Erwartungen an mich selbst und an andere hatte. Wer hätte gedacht, dass ich so perfektionistisch bin? Anstatt mich selbst zu verurteilen, was normalerweise meine Spezialität war, musste ich über mich schmunzeln. Es kam mir so vor, als hätte ich eine geheime Liste im Kopf, auf der stand: »So sollte das Leben sein«. Wenn jemand nicht perfekt in dieses Schema passte, war ich einfach nicht zufrieden. Vielleicht war es an der Zeit, diese Liste ein wenig zu überarbeiten. Ich könnte eine Spalte für »Menschliche Fehler« hinzufügen und Platz für »Unfälle passieren« und »Versuch es einfach nochmal« freihalten.

Warum nicht den anderen auch eine Chance geben, Fehler zu machen und daran zu wachsen? Schließlich sind es genau diese Unvollkommenheiten, die das Leben interessant und lebendig machen. Wer möchte schon in einer perfekten, aber langweiligen Welt leben?

Ich beschloss, meine strenge innere Kritikerin etwas zu zügeln und mir selbst sowie den Menschen um mich herum mehr Spielraum zu geben. Es war an der Zeit, sich mehr auf das Abenteuer des Lebens einzulassen und weniger darauf, ständig alles unter Kontrolle haben zu wollen.

Nachsichtiger mit mir selbst zu sein, nahm mir plötzlich einen gewissen Druck von meinen Schultern, den ich bisher nicht richtig deuten konnte. Die Idee, Fehler zu machen und daran zu wachsen, klang plötzlich nicht mehr so beängstigend, sondern eher wie eine Chance, mich weiterzuentwickeln und ein erfüllteres Leben zu führen.

»Du, Giulia, du bist echt unglaublich, weißt du das? Hier sitzt du und erzählst mir von all dem, was du durchgemacht hast, und trotzdem strahlst du eine Art Gelassenheit aus, die einfach ansteckend ist. Ich meine, du hast nicht nur deine Eltern gefunden, sondern auch noch so viel Kraft aufgebracht, um ihnen zu vergeben. Das ist wirklich bewundernswert. Ich glaube, ich sollte mir ein paar Tipps von dir holen, wie man mit solchen Dingen umgeht. Vielleicht könntest du ein Buch darüberschreiben: ›Giulia's Guide to Forgiveness and Fearlessness‹. Ich wäre definitiv die erste Käuferin!«

Giulia schmunzelte und ihre Augen funkelten für einen Moment geheimnisvoll. »Nun ja, wer weiß, vielleicht steckt da tatsächlich ein Bestseller drin«, sagte sie mit einem leicht neckischen Ton. »Vielleicht habe ich ja schon das eine oder andere Buch geschrieben, wer weiß ...« Ihre Worte waren geheimnisvoll, die meine Neugier nur noch mehr anstachelten.

Nach einem kurzen Moment des Schmunzelns merkte ich, dass Giulia nicht weiter über ihre Schriftstellerei sprechen wollte. Ich beschloss, das Thema behutsam zu wechseln, um die positive Stimmung aufrechtzuerhalten und gleichzeitig mehr über ihre Geschichte zu erfahren.

KAPITEL 15

Neuanfänge und Namen

»Also, wie ging es dann weiter mit deinen Eltern?«, fragte ich vorsichtig. Es war wichtig für mich, diese leichte Atmosphäre beizubehalten, die uns beiden gerade so guttat.

Ein erleichtertes Lächeln breitete sich auf Giulias Gesicht aus, als sie begann, ihr »Happy End« ihrer Geschichte zu erzählen. »Wir hatten wirklich Glück«, begann sie. »Ein Journalistenkollege aus Neapel hat uns mit dem Auto abgeholt und uns im Haus seiner Eltern untergebracht. Das charmante rustikale Haus lag auf einem Hügel, umgeben von üppiger mediterraner Natur. Im Inneren des Hauses gab es antike Möbel und handgefertigte Kunstwerke. Die großen Fenster ließen das Sonnenlicht herein und verbreiteten für uns eine Art der Leichtigkeit und Freiheit. Von der Veranda bot sich uns eine atemberaubende Aussicht auf das blaue Meer.«

Als Giulia mir von diesem Ort erzählte, konnte ich förmlich spüren, wie sich die Last der Vergangenheit von ihren

Schultern hob. Ihre Worte waren erfüllt von Dankbarkeit und Hoffnung. In meinem Kopf entstanden Bilder, wie sie mit ihren Eltern auf der Veranda saß, den Blick über das glitzernde Meer schweifen ließ und dabei spürte, wie sich all ihre Sorgen langsam auflösten.

»Ich erinnere mich noch lebhaft an diesen Ort«, begann sie. »Es war wie ein Zufluchtsort für uns, umgeben von der unvergleichlichen Schönheit der Natur und dem beruhigenden Rauschen des Meeres. Meine Eltern und ich verbrachten unzählige Stunden zusammen, planten unsere Zukunft und träumten von einem Leben ohne Angst und Verfolgung.«

Giulias Stimme klang nostalgisch und erleichtert zugleich. Ein Hauch von Traurigkeit zeigte sich auf ihrem Gesicht, als sie fortfuhr: »Wir mussten unsere Identität ändern, und Wien schien uns als neutraler Ort dafür ideal zu sein. Hier, abseits unserer Vergangenheit, konnten wir uns vorstellen, ein neues Leben zu beginnen.«

Ich konnte nicht anders, als von Giulias Geschichte fasziniert zu sein. Ein Leben im Verborgenen, mit einer falschen Identität – das klang wie der Stoff aus einem Spionagefilm. Doch dann dämmerte mir, dass es sich hier nicht um eine Hollywood-Fantasie handelte, sondern um die Realität meiner Freundin. Plötzlich spürte ich den Drang, Giulias echten Namen zu kennen. Doch dann hielt mich ein Gefühl der Zurückhaltung zurück. Ich beschloss, nicht weiter nachzuhaken. Manchmal ist es besser, nicht alles zu wissen.

Es war seltsam, daran zu denken, wie ich nach der Hochzeit mit Werner Schwierigkeiten hatte, seinen Namen anzunehmen, obwohl er dem meinen fast identisch war. Von Rosen- auf Steinberger. Jedes Mal, wenn ich meinen neuen Namen aussprach oder ihn auf einem offiziellen Dokument sah, fühlte es sich irgendwie fremd an, als würde ich eine Rolle spielen, die nicht wirklich zu mir passte. Vielleicht war es eine Vorahnung, eine Warnung, dass diese Ehe nicht so sein würde, wie ich es mir erhofft hatte. Oder vielleicht war es einfach nur eine eigenartige Laune des Universums, die mir zeigen wollte, dass manchmal selbst die kleinste Veränderung große Auswirkungen haben kann.

Manchmal fragte ich mich, warum ich so oft über kleine Dinge stolperte, als wäre das Leben eine riesige Schnitzeljagd und ich versehentlich über die winzigen Hindernisse falle, anstatt den Schatz des Glücks zu finden. Der Namenswechsel war nicht einfach nur eine formale Anpassung – er war eine Veränderung meiner Identität. Ich dachte, es wäre nur ein weiterer Schritt in eine verheißungsvolle Zukunft, aber irgendwie schien er mich von dem Menschen zu entfernen, der ich wirklich war. Ich begann zu spüren, dass der Traum von einer glücklichen Ehe nicht so leicht in die Realität umzusetzen war, wie ich es mir vorgestellt hatte. Und dieser Name, den ich jetzt trug, war ein ständiges Zeichen dafür, dass ich mich mehr anpasste, als mir lieb war.

Vielleicht hatte ich nie wirklich verstanden, wie wichtig es für mich war, meine eigene Identität zu bewahren, bis ich sie anfing, Stück für Stück aufzugeben. Und vielleicht war das der Grund, warum mir der Gedanke, Giulias echten Namen zu erfahren, so unangenehm war. Weil es mich daran erinnerte, dass ein Name nicht nur ein Wort ist, sondern ein Teil davon, wer wir sind.

Giulia und ich hatten beschlossen, unser eigenes Glücksexperiment zu starten. Es war an der Zeit, keine Sekunde mehr zu verlieren. Die restliche Nacht bis zum Sonnenaufgang sollte unsere Suche nach dem Glück sein, ein Abenteuer, das wir gemeinsam erleben wollten.

KAPITEL 16

Verborgene Identitäten und Selbstfindung

Die Erzählung meiner neuen Freundin lösten eine Flut von Fragen in meinem Kopf aus. Als ich Giulia direkt ansah, spürte ich den Drang, mehr zu erfahren. »Giulia!«, fragte ich zögernd, »ich frage mich, wie es für dich war, ein Leben in falscher Identität zu führen. Kannst du mir davon erzählen?« Meine Worte kamen langsam und vorsichtig. »War es schwer, sich ständig verstecken zu müssen? Und was ist danach passiert, flog alles auf? Hast du jemals das Bedürfnis verspürt, deine wahre Identität preiszugeben? Oder hast du dich mit der Zeit an dein neues Leben gewöhnt?« Ich hielt kurz inne und spürte die Anspannung in der Luft, während ich auf Giulias Antwort wartete.

Giulia lächelte nachdenklich, als sie ihre Geschichte weitererzählte. »Das war etwa vor zehn Jahren. Als die Geschichte über Il Capo und seine Drogengeschäfte ans Licht kam, zerfiel die Sekte wie ein Kartenhaus. Einige Mitglieder begingen Selbstmord, während andere in Panik flohen. Zum Glück konnten alle Kinder gerettet werden und wurden psychologisch betreut. Einige der Mitglieder, die unter Drogenabhängigkeit litten, wurden in Entzugsheilanstalten behandelt.« Ich schüttelte ungläubig den Kopf. »Und was ist mit diesem miesen Typen passiert?« Giulia seufzte schwer: »Leider ist er untergetaucht. Offenbar hatte er bei bestimmten Politikern seine Fäden gesponnen und genießt eine gewisse Immunität. Es belastet mich sehr, dass er noch sein Unwesen treibt und vielleicht andere Kinder unter ihm leiden müssen. Oft wache ich nachts auf und fühle mich zurückversetzt in das Zimmer mit den vergitterten Fenstern und der verschlossenen Holztür.« Sie hielt einen Moment inne, als ob es ihr schwerfiel, die Worte auszusprechen. »Ich konnte zwar mit vielem für mich abschließen und loslassen, aber das, was tief in mir drinnen steckt, wartet darauf, dass auch Il Capo endlich für seine Taten zur Rechenschaft gezogen wird. Der Gedanke, dass er frei herumläuft und anderen schaden könnte, lässt mich einfach nicht los.«

Ich spürte Giulias Schmerz und ihre Sehnsucht nach Gerechtigkeit. »Es ist, als ob ein Teil von mir immer noch in diesem Zimmer gefangen ist«, fuhr sie fort, »und dieser Teil kann erst frei sein, wenn auch er endlich seine Strafe bekommt.« Ich sah sie an und fühlte einen tiefen Respekt für ihre Stärke und Entschlossenheit. Giulia hatte nicht nur gelernt, mit falscher Identität zu leben, sondern auch noch die Kraft gefunden, weiterzumachen. Ihr Mut war beeindruckend, und ich wünschte mir in diesem Moment nichts sehnlicher, als dass ihr Wunsch nach Gerechtigkeit eines Tages in Erfüllung gehen würde.

Plötzlich durchzuckte mich eine Erinnerung wie ein Blitz aus heiterem Himmel. »Oh mein Gott!«, entfuhr es mir, als ich mich an das Ereignis in den Nachrichten erinnerte. Die Schlagzeilen, die Berichte, die Diskussionen – alles war so präsent, als wäre es gestern gewesen. Die Enthüllung über Il Capo und seine Drogengeschäfte hatte die Medien in Aufruhr versetzt, und die Details, die ans Licht kamen, waren schockierend. Die Vorstellung, dass so etwas tatsächlich geschehen konnte, ließ mir einen Schauer über den Rücken laufen. »Ich erinnere mich, wie groß das damals in den Medien war. Es ist unvorstellbar, welche Macht manche Menschen ausüben können und wie leicht sie andere manipulieren können. Es ist einfach furchtbar.«

Giulia, die arme, mittendrin gefangen. Die Vorstellung, durch eine solche Hölle zu gehen, machte mich sprachlos. Ich konnte mir kaum vorstellen, welchen Alptraum sie und ihre Familie durchlebt hatten.

Giulia nickte zustimmend. »Ja, und leider gibt es noch genug Sekten dieser Art da draußen. Heutzutage sind sie vielleicht kleiner und schwerer zu erkennen, aber sie existieren noch.« Ich schluckte schwer, bevor ich weiterfragen konnte. »Und wie geht es deinen Eltern heute?«

Die Angst, die Frage zu stellen, lag schwer auf meiner Brust. Vielleicht waren Giulias Eltern in der Zwischenzeit gestorben? Ich hatte sie schon so lange nicht mehr gesehen, und die Vorstellung, dass sie nicht mehr da sein könnten, schnürte mir die Kehle zu. Giulias Eltern waren immer freundlich, grüßten mich, aber sprachen nicht viel. Ich hatte mir damals dann so einiges zusammengereimt – vielleicht, weil sie ein Geheimnis hatten? Das Lächeln, das sie zeigten, schien mir manchmal, eine Art Fassade zu sein. Meine Mutter neigte auch dazu, unsere Nachbarn in mysteriöse Geschichten zu verwickeln. Vielleicht war es aber einfach die typische österreichische Mentalität, die dazu neigt, mehr in Gesten zu lesen als in Worten.

Ein warmes Lächeln breitete sich auf Giulias Gesicht aus. »Durch den Verkauf meiner Geschichte konnte ich einiges an Geld verdienen. Wir blieben jedoch inkognito, um uns vor möglicher Rache von Il Capo oder ehemaligen Mitgliedern zu schützen. Ich habe meinen Eltern ein kleines Haus auf La Gomera, einer der kanarischen Inseln, gekauft. Dort können sie das ganze Jahr über den Sommer genießen und die frische Meeresluft in vollen Zügen auskosten.« Ihr Lächeln verriet eine tiefe Erleichterung. Als sie über das kleine Haus auf La Gomera sprach, wurde ihre Stimme sanfter, als ob sie sich in Gedanken dorthin versetzte und die warme Meeresbrise auf ihrer Haut spürte. Ihre Worte vermittelten ein Gefühl von Hoffnung und Glück, das ansteckend war. Als sie die Decke von ihren Schultern nahm, schien es, als ob sie sich von all den dunklen Erinnerungen befreit hätte und nun bereit war, ein neues Kapitel in ihrem Leben aufzuschlagen.

Während ich über Giulias Geschichte nachdachte, begann ich, die Auswirkungen eines geringen Selbstwertgefühls zu reflektieren. Il Capo und ähnliche Manipulatoren konnten nur deshalb so erfolgreich sein, weil sie die Unsicherheiten und Ängste der Menschen ausnutzten. Ein starkes Selbstwertgefühl schien daher die beste Waffe gegen Manipulation zu sein. Aber wo stand ich selbst in diesem Vergleich? Hatte ich die nötige Stärke, mich gegen äußere Einflüsse zu behaupten? Ich konnte nicht leugnen, dass meine Unsicherheiten mich oft lähmten und mich daran hinderten, mein volles Potenzial auszuschöpfen. Im Gegensatz dazu schien Giulia trotz all der Herausforderungen eine unerschütterliche Entschlossenheit und ein starkes Selbstbewusstsein zu besitzen. Ihre Stärke inspirierte mich und ließ mich über meine eigenen Grenzen nachdenken. Es war an der Zeit, mein Selbstbild zu überdenken und mir selbst mehr Vertrauen zu schenken.

»Ich mache uns einen frischen Tee!«, während Giulia sich erhob und mit einem warmen Lächeln Richtung Küche ging, fielen mir ihre entspannten Bewegungen auf. Ich hatte das Gefühl, als ob sie die Last ihrer Vergangenheit mit jedem Schritt ein Stück weiter hinter sich ließ.

KAPITEL 17

Der Kompass des Herzens

Ich blieb auf dem Sofa sitzen und ließ meine Gedanken schweifen. Ich fühlte mich leichter. Es war fast so, als hätte mein Gehirn endlich einen langersehnten Urlaub genommen, entspannt in der Hängematte liegend, ein kühles Getränk in der Hand. Endlich konnte ich wieder den Moment genießen, ohne dass eine Million Gedanken durch meinen Kopf wirbelten wie ein Tornado. Mit einem breiten Lächeln auf meinem Gesicht dachte ich bei mir: Vielleicht war es an der Zeit, meine Gedanken öfter mal auf Urlaub zu schicken.

Als Giulia zurückkam, trug sie ein Tablett mit dampfenden Tassen und einem verlockenden Duft von selbstgebackenen Keksen. Mit einer beinahe kindlichen Freude platzierte sie die Köstlichkeiten auf dem Couchtisch. Ich sah die Szenerie plötzlich viel klarer, als wäre mein Blick auf High Definition umgeschaltet worden. Der heiße Dampf, der aus den Tassen aufstieg, bildete feine, wirbelnde Muster in der Luft. Jedes Detail, vom Muster der Teetassen bis hin zu den zarten Krümeln der Kekse, trat schärfer und klarer hervor. Dankbar nahm ich eine Tasse Tee entgegen und spürte den warmen Dampf. Der Geruch der Kekse, der sich mit dem aromatischen Duft des Tees mischte, weckte in mir Erinnerungen an unbeschwerte Kindertage. Ich konnte fast das Knistern des Backpapiers hören, das leise Rascheln, als die Kekse frisch aus dem Ofen kamen. In diesem Augenblick war ich vollständig präsent, völlig im Hier und Jetzt, und das fühlte sich wunderbar an. Das Karussell der Gedanken hatte aufgehört, sich zu drehen, und ich genoss die friedliche Stille.

»Das sieht fantastisch aus«, bemerkte ich und lächelte Giulia dankbar an. Ich hob einen der Kekse hoch. »Wenn ich so weitermache, passe ich bald nicht mehr durch die Tür.« Ich grinste und biss genüsslich in den Keks, wobei ich theatralisch seufzte.

»Weißt du, Giulia«, begann ich zögernd, »auch ich habe meine eigenen Kämpfe ausgetragen, wenn auch auf ganz andere Art und Weise.« Nach einem tiefen Atemzug schlang ich meine Arme um ein großes Polster und machte es mir damit bequem. »Du glaubst nicht, wie oft ich mich selbst in den Allerwertesten beißen könnte«, gestand ich und zwinkerte Giulia zu, »Manchmal fühle ich mich, als wäre ich meine eigene schärfste Kritikerin.«

Giulia lächelte aufmunternd. »Das kommt mir bekannt vor. Aber weißt du, wir sind unsere eigenen härtesten Richter. Es ist Zeit, uns ein wenig Nachsicht zu gewähren und unser Selbstwertgefühl zu stärken.« »Absolut«, nickte ich zustimmend. »Ich arbeite daran, meine innere Kritikerin zum Schweigen zu bringen, aber sie ist so hartnäckig wie ein Kaugummi an der Schuhsohle.« Giulia schenkte mir noch einen Tee nach und lächelte. »Das ist der erste Schritt zum Glück, Charlotte. Dich selbst anzunehmen und zu lieben, so wie du bist.« Ich nahm einen Schluck Tee und lächelte zurück. »Dann lass uns das Experiment weiterführen und sehen, wohin es uns führt.«

Ich dachte darüber nach, wo ich mein wahres Ich verloren hatte. Vielleicht war es in meiner Kindheit, als meine Mutter mich verlassen hatte und ich mich gefühlt habe wie ein Hund, dem man verspricht, seinen Knochen zu bekommen, diesen aber nie erhält. Oder vielleicht war es später, als Werner immer eine Idealvorstellung von mir hatte, die ich nie erfüllen konnte. Ich hatte das Gefühl, dass ich irgendwo an einer Kreuzung den falschen Weg genommen hatte. Aber wo genau? »Was denkst du, Giulia?«, fragte ich und sah sie erwartungsvoll an. Giulia runzelte die Stirn und schüttelte leicht den Kopf. »Entschuldige, ich kann keine Gedanken lesen«, sagte sie scherzhaft. »Aber ich kann mir vorstellen, was du meinst. Es ist, als ob du das Gefühl hast, dass ein Teil von dir fehlt oder verloren gegangen ist, richtig?«

Erst jetzt wurde mir bewusst, dass ich meine Gedanken nicht laut ausgesprochen hatte. In dieser frühen Stunde verschwammen Traum und Realität. »Ja, genau das!« Ich versuchte, meine Gedanken weiterzugeben. »Ich kann einfach nicht mehr sagen, an welcher Kreuzung des Lebens ich mich verloren habe«, gestand ich. Giulia sagte nachdenklich: »Oft sind intuitiv gefasste Gedanken die wertvollsten. Als ich in der Kommune lebte, wurde mir klar, wie sehr die Regeln unsere Intuition unterdrückten. Freies Denken war dort nicht gern gesehen. Deshalb musste ich weg. Im Nachhinein erkenne ich, dass dieser Schritt nicht nur mich, sondern auch meine Eltern gerettet hat. Ich habe gelernt, dass wir uns Zeit nehmen müssen, um unserer Intuition zu folgen, auch wenn das in dieser hektischen Zeit oft schwerfällt. Manchmal müssen wir eben gegen den Strom schwimmen, um die Zeit anzuhalten. Aber es ist dabei auch wichtig, dem inneren Kompass vertrauen zu können.«

Ich sah mich auf der ständigen Suche nach dem richtigen Weg, während mein innerer Kompass anscheinend seine eigenen Abenteuer erlebte. Vielleicht hatte er sich in einer dunklen Gasse verirrt oder war in einer Sackgasse steckengeblieben, während ich ahnungslos dem falschen Stern am Himmel folgte. »Vertraue auf dein Bauchgefühl, Lotti, aber vergiss nie, dass auch der klarste Kompass mal den Kurs verliert.« Das hatte mein Vater einmal zu mir gesagt. Hatte ich wirklich verlernt, auf mein Bauchgefühl zu hören? Ließ ich mich stattdessen ständig von äußeren Einflüssen leiten? Mein Bedürfnis nach Anerkennung und Liebe hatte mich oft in Richtungen geführt, die sich im Nachhinein als falsch erwiesen. Mein innerer Kompass versuchte zwar, mich zu warnen, aber ich hatte seine Signale einfach überhört.

Mit diesen Gedanken an mein oft ignoriertes Bauchgefühl kam auch Werner wieder in mein Bewusstsein – der Mann, dessen Erwartungen und Ideale mich immer wieder auf einen Weg geführt hatten, der nicht meinem entsprach.

In diesem Moment spürte ich mehr als je zuvor die giftige Atmosphäre, die unsere Beziehung umgab. Was war das überhaupt, diese Bindung zwischen uns? War es Liebe oder nur eine Illusion von Nähe, die uns gefangen hielt? Vielleicht war es bloß Werners Eitelkeit, die zwischen uns lag. Ich wusste nicht, ob meine Geschichte mit Werner im Vergleich zu Giulias Erzählung überhaupt erwähnenswert war. Aber um unserem Geheimnis des Glücks näher zu kommen und unser Experiment fortzuführen, beschloss ich, auch meine Erfahrungen mit Giulia zu teilen. Vielleicht lag gerade in der Tatsache, dass unsere Leben so unterschiedlich waren, die Kunst, einen gemeinsamen Nenner zu finden – einen Nenner, der uns und anderen Menschen Glück bringen konnte.

Also erhob ich mich von meinem Sitz, um meine Gedanken zu sortieren, reckte mich und ließ meine Gelenke knacksen. »Ah, das hat gutgetan!«, rief ich aus und lachte, als wäre ich gerade aus einem Dornröschenschlaf erwacht. Während ich in meinen Yoga-ähnlichen Dehnübungen versunken war, konnte ich spüren, wie Giulias amüsiertes Grinsen mich begleitete. »Du erinnerst mich an meine kleine Katze im Kloster«, platzte sie schließlich heraus, ihre Augen funkelten vor Belustigung. »Sie lag den ganzen Tag faul unter einem schattigen Baum im Klostergarten. Aber einmal am Tag – oh, das war ein Ereignis! – stand sie auf, streckte sich ausgiebig, wurde ganz lang und ich konnte förmlich ihre innere Zufriedenheit spüren.«

Zufriedenheit. Ein magisches Wort. Wo hatte ich diese tiefe, innere Zufriedenheit, die ich gerade im Ansatz wieder empfand, nur verloren? Meine Intuition schien wie ein treuer Hund zu sein, der immer wieder zu Werner zurückkehrte. Wäre das der Anfang meiner Geschichte? Das Ende mit Werner?

Ich beschloss, meine Lebensgeschichte mit gestern Abend zu beginnen. Dem Moment, der mich eigentlich hierher zu Giulia geführt hatte.

KAPITEL 18

Kuss ohne Grenzen

Wieder auf dem Sofa niedergelassen, schnappte ich mir zuerst einen der köstlichen selbstgebackenen Kekse. »Gestern Abend tauchte Werner plötzlich in meiner, äh, also eigentlich unserer Wohnung auf«, begann ich, während ich den Keks langsam in meinen Tee tunkte. »Er behauptete, er hätte sich von seinen Las Vegas-Abenteuern verabschiedet – na klar, bei all den Cowgirls dort«, fügte ich mit einem ironischen Grinsen hinzu. Giulia blickte mich fragend an. Ich bemerkte, dass sie nicht wusste, wovon ich sprach, und beschloss daher, etwas weiter auszuholen. »Entschuldige! Ich denke, ich habe deine hellseherischen Fähigkeiten überschätzt«, scherzte ich. »Ich sollte wohl ein Jahr früher beginnen, mit meiner Geschichte über Werner und sein Girl.«

Meine Freundin wirkte amüsiert und machte es sich am Sofa bequem, bereit, aufmerksam zuzuhören. »Ah, das klingt nach einer spannenden Erzählung. Lass mich raten, es gibt Drama, Romantik und ein paar peinliche Momente?«, fragte sie, während sie sich einen weiteren Keks griff.

»Oh, du hast keine Ahnung«, sagte ich und lachte. »Also, es

war vor ungefähr einem Jahr. Werner war mit seinen Freunden zum Poltern in Las Vegas – ja, ganz klischeehaft. Der beste Freund von Werner wollte heiraten, und um das zu feiern, flogen sie eine Woche lang in die Stadt der Sünden.« Giulia grinste breit. »Natürlich, Vegas. Das kann ja nur gut werden.« »Oder auch nicht,« sagte ich, schmunzelnd. »Dort hatte er sich anscheinend in eine Frau verschaut, die ihn gedanklich nicht mehr losließ. Später wieder in Wien hatten Werner und ich uns gerade gestritten, weil ich meinte, er würde zu viel Zeit mit seiner Arbeit verbringen und zu wenig mit mir und den Kindern. Das übliche Drama, weißt du?« Giulia nickte verständnisvoll. »Und dann?« »Er packte kurzerhand seine Sachen und verschwand für ein Jahr zu seinem Cow Girl.« »Wow, das ist wirklich unglaublich. Was hat er sich dabei nur gedacht?«, sagte Giulia erstaunt. »Für mich war es das Ende unserer Beziehung. Aber als mein Papa vor ein paar Wochen gestorben ist, kam Werner plötzlich zurück.« Giulia runzelte die Stirn. »Denkst du, er hat das als Vorwand benutzt?«

Ich wurde mit diesen Gedanken ernster: »Zuerst dachte ich nicht. Aber gestern Abend versuchte er mir einzureden, dass ich und die Kinder das Wichtigste in seinem Leben sind. Trotz seiner Worte kam es mir unehrlich vor.« Giulia zog eine Augenbraue hoch, während sie ihren Tee nippte. »Es gibt Menschen, die sagen immer das Richtige, aber ohne es wirklich zu meinen«, antwortete sie nachdenklich. Ich nickte zustimmend. »Genau das habe ich auch gedacht.« »Und wie hast du reagiert?« Giulia sah mich neugierig an. »Ich hörte ihm zu, aber innerlich wusste ich, dass ich die Dinge bald klären muss.« Ich seufzte und legte den halb angebissenen Keks auf den Teller. »Mein Bruder lebt mittlerweile in Kenia und kam nur für das Begräbnis zurück. Also lag die ganze Vorbereitung an mir.«

Als ich diese Worte aussprach, fühlte ich eine Mischung aus Erleichterung und Anspannung. Es war nicht leicht, über meine Gefühle zu sprechen, besonders in dieser schwierigen Zeit. Giulias Worte trösteten mich: »Das muss sehr stressig gewesen sein, besonders mit allem anderen, was du um die Ohren hattest.«

»Ja, das war es wirklich«, stimmte ich zu. »Doch trotz des Stresses war das Begräbnis eine schöne, tröstliche Zeremonie.« Ich lächelte bei der Erinnerung. »Die Musik, die Stimmung ... Und die Reden meiner beiden Kinder waren einfach wundervoll.«

Giulia lächelte warm. »Ja, das kann ich mir vorstellen. Es klingt nach einem bewegenden und zugleich tröstlichen Ereignis.« Ich nickte. »Es war definitiv ein Moment der Verbundenheit und des Zusammenhalts.«

Da schoss mir plötzlich ein Gedanke wie ein Blitz durch den Kopf: »Oh mein Gott, Giulia, ich habe dir keine Parte zukommen lassen!« Die Erkenntnis traf mich hart, und ich spürte, wie mir augenblicklich heiß wurde. Mein Herz klopfte schneller, als ich die Tragweite meines Versäumnisses erkannte. Mist! Wie konnte ich nur so gedankenlos gewesen sein? In meinem Kopf spielte ich die letzten Wochen durch, doch es war unverzeihlich, dass ich Giulia, die meinem Vater so nahestand, vergessen hatte.

Ich sah in Giulias Augen, dass sie die Überraschung und vielleicht auch etwas Verletztheit nicht verbergen konnten. Ich öffnete meinen Mund, um etwas zu sagen, um mich zu erklären oder zu entschuldigen, doch die Worte blieben mir im Hals stecken.

Giulia bemerkte meine veränderte Stimmung und legte sanft eine Hand auf meine Schulter. »Charlotte, mach dir keine Vorwürfe«, sagte sie ruhig. »Ich weiß, dass du in diesen letzten Wochen viel durchgemacht hast. Es war nicht leicht für dich.« Ihr beruhigendes Lächeln half mir, etwas von meiner inneren Anspannung loszulassen. »Ich weiß, dass dein Vater immer wollte, dass du glücklich bist. Er hätte verstanden, dass du in dieser Zeit so viel um die Ohren hattest.« Dann, mit einem verschmitzten Glanz in den Augen, fügte sie hinzu: »Und außerdem, ich bin ziemlich sicher, dass dein Vater überall ist, wo es einen Garten gibt und die Blumen in voller Blüte stehen. Er hätte sicher nicht gewollt, dass du dir wegen allem den Kopf zerbrichst.«

Trotz ihrer beruhigenden Worte war ich beschämt und verlegen darüber, dass ich sie vergessen hatte. Ich versuchte, meine aufkommende Panik zu vertreiben. Ein Blick zum goldenen Buddha brachte mir etwas Gelassenheit. Es war, als ob er mir sagte, dass ich nicht länger mit meinen Fehlern aus der Vergangenheit hadern sollte, sondern stattdessen nach vorne schauen und aus meinen Erfahrungen lernen konnte.

Ich war wieder bereit, meine Gedanken zu sammeln und weiterzuerzählen. Ich musste an Werners unerwarteten Besuch denken. »Also gestern Abend ...«, begann ich, mein Blick wanderte vom goldenen Buddha zu Giulia. »Es war seltsam ...«, ich spürte, wie sich meine Gedanken wieder auf das Geschehene richteten. »Werner tauchte plötzlich auf, voller Geständnisse und Beteuerungen, dass er sich geändert habe. Und dann ... versuchte er, mich zu küssen.«

Ich spürte, wie sich mein Magen zusammenzog, als ich mich an seine aufdringlichen Lippen erinnerte. »Es fühlte sich so falsch an«, fügte ich leise hinzu. »Er drückte mich gegen die Wand, und für einen Moment war ich wie erstarrt.«

Giulia sah mich mitfühlend an, während ich fortfuhr: »Aber dann, als seine Hände meine ergreifen wollten, brach etwas in mir los. Ich stieß ihn weg und sagte klar ›Stopp‹!« »Das war mutig, Charlotte«, entgegnete Giulia voller Bewunderung. Ich nickte, und spürte noch immer die Entschlossenheit in mir. »In diesem Moment wurde mir klar, dass ich mich nie wieder in so einer Situation befinden will.« Giulia lächelte ermutigend. »Es erfordert wirklich viel Stärke, das zu erkennen.«

Diese Erinnerung erfüllte mich mit neuer Kraft. Ich spürte, wie sich in mir eine neue Klarheit breitmachte. Ich wusste jetzt, dass ich mich verteidigen und für mich selbst einstehen konnte.

»Giulia«, begann ich zögernd. »Ich kann nicht anders, als Parallelen zu deiner eigenen Erfahrung mit Il Capo zu ziehen.« Meine Worte stockten, doch ich fühlte, dass ich das sagen musste. »Ich habe mich in diesem Moment so hilflos gefühlt, so gedemütigt«, fuhr ich fort mit einem Flüsterton. »Es war, als ob Werner meine Grenzen nicht respektierte, meine Bedürfnisse nicht beachtete. Und ich frage mich, ob du Ähnliches gefühlt hast, als Il Capo seine Macht über dich missbrauchte.«

Giulia seufzte schwer, und für einen Moment lag ein trauriger Ausdruck in ihren Augen. »Charlotte, ich kann deine Gefühle absolut nachempfinden. Es ist eine schreckliche Erfahrung, wenn jemand deine Grenzen überschreitet und deine Würde verletzt.« Sie hielt kurz inne, bevor sie hinzufügte: »Als Il Capo mich gedemütigt hatte, fühlte ich mich machtlos und klein.«

Ein bedrückendes Schweigen lag zwischen uns. In Giulias Augen konnte ich den Schmerz und die Verletzlichkeit sehen, die auch in mir kochten. Es war ein Moment der Stille, der uns beide dazu zwang, die tiefen Gefühle anzunehmen, die wir teilten.

Ich schüttelte den Kopf und ließ ein leichtes Lachen entweichen, um die düsteren Gedanken abzuschütteln. »Nun, nachdem ich Werner mit meiner beeindruckenden Ninja-Ausweichtechnik abgewehrt hatte, fühlte ich mich fast wie eine Superheldin. Vielleicht sollte ich mir einen Umhang besorgen und anfangen, Verbrechen zu bekämpfen«, scherzte ich, während ich theatralisch meine unsichtbare Umhangschleppe schwenkte. Giulia lachte und spielte mit. »Ja, und ich werde deine treue Begleiterin sein! Gemeinsam werden wir die Welt vor schlechtem Geschmack und übergriffigen Männern retten!« Sie hielt kurz inne und warf mir einen fragenden Blick zu. »Also ... Ex-Männern? Oder muss ich mich mit meiner Abneigung noch zurückhalten?«

Wir brachen in Gelächter aus, und plötzlich schienen die düsteren Gedanken an Werners Übergriff wie ein absurder Traum. »Weißt du, vielleicht sollten wir das wirklich tun«, fuhr ich fort, mit einem schelmischen Glitzern in den Augen.

»Werner war wirklich überrascht, als ich seinem Kuss mit einer abweisenden Geste auswich«, erzählte ich weiter und konnte mir ein amüsiertes Grinsen nicht verkneifen. »Sein perplexer Gesichtsausdruck war einfach zu köstlich.«

Giulia lachte: »Vielleicht sollten wir einen Kussabwehrkurs für überraschende Annäherungen gründen. Wir könnten es ›Die Kunst der eleganten Ausweichmanöver‹ nennen!« Ich stimmte in das Lachen ein, doch als wir uns wieder beruhigten, kam die Ernsthaftigkeit zurück. »Jedenfalls sagte er dann etwas, das den gestrigen Abend verändern sollte«, begann ich erneut. »Er erwähnte, dass Angela auch der Meinung war, dass wir ein perfektes Paar wären.«

Der Gedanke daran ließ mich innehalten. »Angela und er ... Was lief da eigentlich?«, fragte ich mich mehr zu mir selbst. Ich spürte eine Mischung aus Verwirrung, Wut und Enttäuschung in mir. »Werner zuckte nur mit den Schultern, als wäre es ihm egal, wie seine Worte bei mir ankamen. »Nun ja, sie meinte nur, dass du und ich ..., dass wir gut zusammenpassen würden«, erklärte er nonchalant. Ein bitteres Lächeln huschte über mein Gesicht. »Ich war einfach nur geschockt,« gestand ich. »Charlotte, das tut mir so leid,« sagte Giulia mitfühlend und zog mich in eine Umarmung. »Ich weiß einfach nicht mehr, wem ich noch trauen kann«, flüsterte ich. Giulia hielt mich fest. »Du bist nicht allein«, versicherte sie mir. »Wir werden das gemeinsam durchstehen.«

Ich nickte langsam und versuchte, mich an ihrem Trost festzuhalten. Doch trotz ihrer beruhigenden Worte blieb dieses Gefühl in mir zurück, betrogen worden zu sein. Was war wirklich zwischen Werner und Angela passiert?

KAPITEL 19

Zwischen Liebe und Enttäuschung

»Danke, Giulia«, sagte ich schließlich und löste mich aus ihrer Umarmung. Ich zitterte leicht, als ich fortfuhr: »Aber ich muss dir noch von Angela erzählen.« Giulia nickte verständnisvoll: »Ich höre zu«, sagte sie sanft.

Mit einem Seufzer überlegte ich, wie ich Angela kennenlernte und wie sich meine anfängliche Freundschaft mit ihr im Laufe der Zeit veränderte.

»Angela und ich haben uns während des Studiums kennengelernt«, begann ich. »Wir waren beide an der Wirtschaftsuni in Wien und Werner war unser gemeinsamer Tutor. Er war bei den Studentinnen äußerst beliebt und genoss es sichtlich, im Mittelpunkt zu stehen.« Giulia hörte aufmerksam zu, während ich fortfuhr: »Er organisierte regelmäßig Partys und Events und war irgendwie das Bindeglied zu vielen anderen Freundschaften. Es schien, als ob jeder sich mit ihm gut stellen wollte.«

Ich schloss die Augen für einen Moment und ließ die Erinnerungen wieder aufleben. Als ich mich in diese Zeit zurückversetzte, fühlte ich mich unwohl. »Während ich zu schüchtern war, um mich direkt an Werner heranzuwagen, schien Angela regelrecht einen Zirkus zu veranstalten, nur um von ihm wahrgenommen zu werden«, erzählte ich weiter. »Ihre Strategie erwies sich als erfolgreich, denn bald verbrachte sie viel Zeit mit ihm, indem sie ihm bei den Eventplanungen half.«

Ein Seufzer entwich mir, als ich mich an diese Zeit zurückerinnerte. »Natürlich war ich eifersüchtig«, gestand ich. »Aber ich konnte einfach nicht aus meiner Haut heraus. Es fühlte sich an, als wäre ich nicht gut genug für Werner, also blieb ich im Hintergrund.« Giulia bemerkte einfühlsam: »Es muss schwer gewesen sein, in dieser Situation zu sein. Es ist verständlich, sich unsicher zu fühlen, besonders wenn jemand, den man mag, so begehrt ist.« Ich nickte zustimmend. »Ja, es war wirklich frustrierend. Aber letztendlich konnte ich nicht anders, als meine Gefühle für Werner zu unterdrücken und zusehen, wie Angela um ihn kämpfte.« »Und wie hast du es dann geschafft, Werner für dich zu gewinnen?«, fragte Giulia neugierig, ihre Augen funkelten vor Interesse. Ich lächelte leicht, als ich an diese Wendung in meinem Leben dachte. »Nun, das war eigentlich ganz unerwartet«, begann ich zu erzählen. »Nachdem Angela und ich unsere Abschlussprüfungen bestanden hatten, beschloss Werner, eine Feier zu veranstalten. Es war eine große Party, und ich hatte nicht erwartet, dass sich etwas zwischen Werner und mir entwickeln würde.« Meine Freundin hörte gespannt zu, und ich fuhr fort: »Werner deutete meine Schüchternheit als

Herausforderung«, ergänzte ich mit einem Augenzwinkern. »Er mochte den Nervenkitzel, mich zu erobern, und ich muss zugeben, ich genoss es irgendwie.« Giulia nickte verständnisvoll, und ich erzählte weiter: »Also, es war wirklich verrückt«, begann ich, während ich mich neben Giulia auf dem Sofa zurechtrückte. »Werner hat sich an diesem Abend so ins Zeug gelegt, um meine Aufmerksamkeit zu erlangen. Er war wirklich hartnäckig.«

Ein leichtes Grinsen huschte über mein Gesicht, als ich mich an Werners damalige Bemühungen erinnerte. »Er hat mir Komplimente gemacht und mich zum Lachen gebracht. Und dann, aus heiterem Himmel, hat er mich einfach geküsst«, erzählte ich leise, als ich den Moment Revue passieren ließ. »Es war wie in einem Film – der klassische Hollywood-Moment.« Ich legte eine nachdenkliche Pause ein: »Es war aber auch wie eine Achterbahnfahrt, voller Höhen und Tiefen. Aber letztendlich war es meine erste große Liebe.«

Plötzlich kam mir der Gedanke, dass Werner gestern Abend versucht hatte, die längst erloschene Romantik mit einem einzigen Kuss wiederzubeleben. Armer Werner, wie naiv konnte man sein? Glaubte er wirklich, dass ein romantischer Kuss, der an alte Zeiten erinnern sollte, alle Probleme lösen und die Risse in unserer Beziehung kitten könnte? Hatte er sich das wie in einem kitschigen Hollywood-Film vorgestellt, wo der Held am Ende doch das Mädchen bekommt, nur weil er zur rechten Zeit die richtige Geste macht? Ein Kuss, und alles wäre wieder in Butter? Die Vorstellung war so absurd, dass ich fast laut aufgelacht hätte. Hatte er wirklich geglaubt, dass ich nach allem, was passiert war, nach einem Jahr der Abwesenheit, einfach so seine Liebeserklärung und den Kuss als Zaubermittel akzeptieren würde, das alles wieder ins Lot bringt?

Giulia machte eine leichte Handbewegung und ein amüsiertes Lächeln huschte über ihr Gesicht. »Ah, diese Typen mit ihrer Selbstverliebtheit«, bemerkte sie mit einem ironischen Unterton. Ihre Worte rissen mich aus meinen Gedanken und brachten mich zurück in die Realität. »Ich hätte wohl spüren sollen, dass es seine Selbstverliebtheit war, die ihn zu mir trieb«, fuhr ich fort, während ich über vergangene Zeiten nachdachte. »Aber ich war so blind vor Liebe und fühlte mich selbst nicht liebenswert, dass ich es als Glückstreffer ansah, dass er mich überhaupt wollte.« »Und was ist mit Angela passiert?« Giulias Worte sprühten förmlich vor Neugier. »Sie muss doch vor Wut gekocht haben! Ihr ganzes Theater umsonst!« Ein breites Grinsen huschte über ihr Gesicht, und ich bemerkte eine Spur von Schadenfreude.

»Ja, am Anfang hat sie mir unendlich viele Vorwürfe gemacht, als ob ich sie betrogen hätte, und so weiter«, erzählte ich Giulia. »Ich realisierte, dass unsere Freundschaft nur auf dünnem Eis stand. Ich verstehe bis heute nicht, wie unsere Bindung erst so richtig stark wurde, nachdem Werner und ich zusammengekommen sind. Es gab immer eine gewisse Verbundenheit zwischen ihr und Werner, aber es war rein freundschaftlich, so dachte ich zumindest. Sie war eine Freundin der Familie, die Patentante unserer Kinder ...«

Ein Gefühl der Übelkeit überkam mich, als ich über all das nachdachte. Es kam mir vor, als ob alles nur ein geplantes falsches Spiel gewesen wäre. Hatten die beiden etwa schon immer eine Affäre hinter meinem Rücken gehabt? »Das klingt wirklich belastend«, sagte Giulia ruhig. Ihre Worte und ihre Geste der Unterstützung halfen mir meine Gedanken zu sammeln und meine Erzählung fortzusetzen. »Als Werner gestern Abend erwähnte, dass auch Angela der Meinung war, dass wir ein perfektes Paar wären, wurde mir klar, dass die beiden mir etwas verheimlichten«, erklärte ich, während ich einen tiefen Atemzug nahm. »Ein Puzzlestückchen fiel an seinen Platz, und plötzlich ergab alles für mich einen Sinn.« Die Erkenntnis, dass ich möglicherweise nur eine Schachfigur in ihrem Spiel war, machte mich wütend und traurig zugleich.

In diesem Moment erinnerte ich mich an Giulias Geschichte, wie sie sich aus ihrer schwierigen Situation befreien konnte. Vielleicht lag die Antwort auch für mich darin, die Dinge aus einem anderen Blickwinkel zu betrachten und meine eigenen Bedürfnisse klarer zu erkennen. Ich musste herausfinden, wie ich wieder zu mir selbst fand. Wie hatte Giulia ihren eigenen Weg gefunden? »Vielleicht kann ich etwas aus deiner Geschichte lernen, Giulia. Ich hoffe nur, dass ich aus diesem Chaos herausfinde.«

KAPITEL 20

Der Mut zur Wahrheit

Bevor Giulia antwortete, nahm sie sich einen Moment, um nachzudenken. »Charlotte, ich verstehe total, wie überwältigend das alles für dich ist. Rückblickend kann ich sagen, dass es bei mir eine lange Reise war, um Klarheit zu finden. Das war nicht einfach, und es gab viele Momente der Unsicherheit. Aber ich habe gelernt, dass es wichtig ist, sich selbst zu erkennen und zu wissen, was man wirklich braucht und will.«

Giulias Worte erinnerten mich an die Entschlossenheit, die ich gestern Abend verspürt hatte. »Nachdem Werner das gesagt hatte, wusste ich sofort, dass ich handeln musste«, erzählte ich mit einem Seufzen. »Es war, als ob mir plötzlich die Augen geöffnet wurden, und ich erkannte, dass ich in einer Illusion gelebt hatte.«

Ich spürte Giulias Unterstützung. Das half mir, meine Gedanken auszusprechen. »Ich habe ihm klar gemacht, dass ich Zeit brauche, um alles zu überdenken«, erklärte ich. »Aber ehrlich gesagt, wollte ich einfach nur weg. Also bin ich einfach zu meinem Auto gelaufen.« Giulia nickte verständnisvoll. »Das klingt wirklich hart, aber ich denke, du hast genau das Richtige getan«, sagte sie mitfühlend. Ich lächelte dankbar. »Ich saß am Steuer meines Autos, die Straßenlichter zogen vorbei und ich fuhr ziellos durch die Stadt. Mein Herz pochte wie verrückt und meine Gedanken wirbelten durcheinander. Irgendwie hatte ich mein Handy mit dem Auto verbunden und wählte Angelas Nummer.« Giulia hörte gespannt zu. »Als das Telefon klingelte, spürte ich eine Mischung aus Angst und Entschlossenheit. Doch als Angela abhob, fühlte ich mich plötzlich hilflos. »Hallo?«, fragte sie durch die Freisprecheinrichtung. »Angela, hier ist Charlotte«, begann ich unsicher, ob ich überhaupt die Wahrheit wissen wollte. »Entschuldige die späte Störung, aber ich muss dringend mit dir sprechen.« Angela fragte besorgt, ob alles in Ordnung sei.

In diesem Moment versetzte ich mich zurück in die gestrige Situation und spürte wieder den vertrauten Knoten in meinem Magen, während ich versuchte, die richtigen Worte zu finden. »Am liebsten hätte ich aufgelegt, aber ich hatte den ersten Schritt gewagt, und es gab kein Zurück«, erzählte ich weiter. »Also sagte ich zu Angela: ›Es klingt vielleicht verrückt, aber ... Ich habe gerade mit Werner gesprochen, und er hat etwas gesagt, das mich sehr verwirrt. Er meinte, du hättest gesagt, dass wir gut zusammenpassen würden. Hattet ihr denn Kontakt? Kannst du mir erklären, was er damit gemeint hat?‹«

Giulia kaute nervös auf ihren Lippen, während sie mir aufmerksam zuhörte. Mich fröstelte plötzlich, als ich mich zurück an den gestrigen Abend erinnerte. Die Vorstellung von Werners unbeholfenen Annäherungsversuchen und Angelas undurchsichtigen Antworten ließ mich schaudern. Ich griff nach der Decke, die noch von Giulias Wärme durchzogen war, und hüllte mich in sie. Sie fühlte sich ein wenig an wie ein Schutzschild.

Ich musste nun den Verlauf des gestrigen Abends weitererzählen, um für mich Klarheit zu finden. »Angela klang so unschuldig, dass ich es kaum glauben konnte«, sagte ich. »›Lottilein, was meinst du denn damit?‹«, ahmte ich sie nach. ›Ich dachte, du und Werner hattet keinen Kontakt seit unserer Trennung?‹, wollte ich sie zur Rede stellen. Mein Herz raste. Ich konnte spüren, wie die Spannung zwischen uns anstieg. In diesem Moment wusste ich nicht, welcher Betrug mich mehr verletzten würde – der meiner Freundin oder der von Werner. Werners Täuschungen kannte ich schon, aber von Angela hätte ich mehr erwartet.«

Giulia schüttelte den Kopf und meinte: »Ja, von einer Freundin erwartet man wirklich mehr! Vor allem Ehrlichkeit.« Zögerlich setzte ich meine Erzählung fort: »Angelas Schweigen verriet mehr als Worte. Ich konnte spüren, wie sich mein Magen zusammenzog, als mir klar wurde, dass hier etwas nicht stimmte.« Die Erinnerung an dieses Gefühl der Beklemmung war in diesem Moment noch frisch. »Angela, meine vermeintliche Freundin, begann nervös zu stottern:

›Charlotte, ich…‹, aber ich unterbrach sie. ›Angela, ich dachte, wir könnten offen miteinander reden‹, sagte ich ruhig, aber bestimmt. In diesem Moment fand ich meine Fassung wieder und wollte Klartext. ›Ich will die Wahrheit wissen. Lass uns bitte nicht um den heißen Brei herumreden.‹ Als ich das zu Angela sagte, empfand ich einerseits eine gewisse Entschlossenheit, aber gleichzeitig hatte ich auch Angst vor dem, was ich hören würde.«

Giulia sah mich ermutigend an. »Charlotte, das ist wirklich eine heikle Situation. Es tut mir leid, dass du das durchmachen musst. Das ist wirklich nicht fair!«

Ihr Mitgefühl half mir, mich etwas weniger allein zu fühlen. Sie gab mir die Kraft, weiterzuerzählen. »Mein Herz klopfte schneller. Schließlich hörte ich Angela leise sagen: ›Ja, es stimmt. Werner und ich haben uns nach eurer Trennung ein paar Mal getroffen.‹ Ein stechender Schmerz der Enttäuschung durchfuhr mich.« Giulia rutschte nervös auf dem Sofa hin und her, als ich fortfuhr. »Giulia, ich musste die ganze Wahrheit wissen und fragte direkt: ›Angela, ich habe das Gefühl, dass zwischen dir und Werner mehr läuft als nur Freundschaft. Ist das so?‹ Ich war auf einmal so entschlossen, alles zu erfahren, egal wie sehr es wehtat.«

Ich atmete tief ein und nach einer kurzen Pause sprach ich weiter: »Nach einer gefühlt endlosen Stille antwortete Angela endlich: ›Ja, es stimmt, Lotte. Zwischen mir und Werner ist mehr als nur Freundschaft.‹ Sie klang reumütig, aber das interessierte mich in dem Moment nicht. Sie hatten mich beide hintergangen, und das war alles, was zählte. Ohne weiter zu reagieren, legte ich auf. Mein Kopf pochte, und meine Sicht verschwamm. Ob es von einer aufkommenden Migräne oder von den Tränen kam, wusste ich nicht. Ich fühlte nichts mehr – nur eine tiefe Leere.«

Giulia nahm mich tröstend in ihre Arme. Ihre Umarmung schenkte mir einen Moment der Geborgenheit inmitten des Chaos. »In diesem Zustand der Verwirrung muss ich gedankenlos durch die Wiener Straßen gefahren sein. Es war mir gar nicht eingefallen, wie unvernünftig ich war – zum Glück ist nichts passiert. Hatte ich wirklich so wenig an meine Verantwortung als Mutter und meine eigene Sicherheit gedacht?« Diese Erkenntnis traf mich wie ein Schlag. Giulia spürte meine Selbstzweifel und hielt mich fest. Schließlich konnte ich meine aufgestaute Wut und Enttäuschung loslassen und die Tränen flossen nur so über meine Wangen. »Manchmal tut es gut, sich einfach alles von der Seele zu reden«, sagte Giulia sanft.

Als ich mich schließlich von Giulias Umarmung löste, setzte ich mich im Schneidersitz auf das Sofa. Die Decke hüllte mich in ihre Wärme, und ich fühlte mich etwas leichter. »Giulia«, begann ich leise, »ich weiß eigentlich nicht, wie ich hierhergekommen bin. Es war, als wäre ich in einem tranceartigen Zustand gewesen, mein Auto wie von selbst gesteuert. Vielleicht suchte ich in meiner Einsamkeit die Nähe zu Papas

Haus, um mich geborgen zu fühlen.« Langsam begannen sich die Erinnerungen in meinem Kopf zu klären, doch sie waren noch verschwommen.

»Ich erinnere mich wieder an den Stiegenaufgang zu Papas Haus, meine Hand zitterte und ich versuchte verzweifelt nach dem Haustorschlüssel in meiner Tasche zu suchen.« Die Erinnerung an die starken Kopfschmerzen und die Übelkeit waren wieder so gegenwärtig, dass mein Atem sich beschleunigte und ich ein Pochen in meinen Schläfen spürte.

Giulia unterbrach meine aufkommende Panik: »Ich denke, du hast Nähe gesucht und mich gefunden.« Ihr Lächeln brachte mir gleich ein Gefühl der Erleichterung.

»Ich weiß nicht mehr, was dann geschah, Giulia! Ich muss ohnmächtig geworden sein«, flüsterte ich verwirrt und erschöpft. »Meine nächste Erinnerung sind deine Rufe nach meinem Namen, die ganz weit weg klangen.« Giulia lächelte mich aufmunternd an. »Das war einfach alles zu viel für dich, Charlotte«, sagte sie mitfühlend. »Aber weißt du was? Wenn du schon so aufregende Achterbahnfahrten durchlebst, könntest du dich vielleicht für den nächsten Abenteuerfilm bewerben. Hollywood liebt echte Geschichten, und deine könnte glatt ein Blockbuster werden!« Ich musste lachen. Giulias humorvolle Art war genau das, was ich brauchte, um die Situation etwas leichter zu nehmen. Manchmal war Humor die beste Medizin gegen Sorgen, und wir strahlten uns beide lachend an.

Waren wir nun, nachdem wir unsere Last der Vergangenheit losgelassen hatten, endlich bereit, den Weg zum Glück zu erforschen?

KAPITEL 21

Eine italienische Portion Trost

Nachdem wir eine Weile in Stille versunken waren, beschlossen Giulia und ich, eine kurze Gesprächspause einzulegen. Wir lehnten uns zurück und ließen die Eindrücke der vergangenen Stunden auf uns wirken. Die Gedanken schwirrten in meinem Kopf, während ich gleichzeitig die Ruhe des Raumes genoss. Ein Schluck Tee, ein entspannter Blick aus dem Fenster – es war ein Moment der Besinnung und des Innehaltens, bevor wir uns wieder unseren Erzählungen zuwandten.

Ich sah, wie sich die ersten Farben der Morgendämmerung wie ein leichter orangefarbener Streifen am Horizont abzeichneten. Es war ein beruhigender Anblick, der mich daran erinnerte, dass nach jeder Nacht ein neuer Morgen anbrach – ein Symbol für Hoffnung und Neuanfang.

Ich erinnerte mich plötzlich an die Worte meines Papas, die mir in den schwierigsten Momenten Trost spendeten. »Entscheide dich täglich bei Sonnenaufgang für einen Neuanfang, dass du Mut statt Angst und Zuversicht statt Zweifel wählst.«

Diese Worte hatten mich schon durch so manche dunkle Nacht getragen und mir die Kraft gegeben, weiterzumachen.

In diesem Augenblick fühlte ich eine tiefe Verbundenheit zu meinem Vater und eine immense Dankbarkeit dafür, dass er mir solch weise Worte mit auf den Weg gegeben hatte. Es war fast so, als ob er hier bei mir wäre, und ich spürte seine liebevolle Präsenz, die mich stärkte und mir zeigte, dass ich den Mut finden musste, um einen Neuanfang zu wagen.

Giulia bemerkte, wie ich in meine Gedanken versunken war, und beschloss, dem mit einem kulinarischen Kunstwerk zu begegnen – einer italienischen Superheldenmahlzeit. Während sie in der Küche jonglierte, um das Menü zu zaubern, schwebte plötzlich ein verführerischer Duft von Knoblauch und Basilikum durch die Luft, der meinen Magen sofort zum Knurren brachte. »Wenn das Essen nicht gegen Liebeskummer hilft, weiß ich auch nicht weiter«, scherzte ich und musste lächeln.

Mit einem erleichterten Seufzer erhob ich mich vom Sofa und streckte meine müden Glieder, als hätte ich gerade einen Marathonlauf absolviert. Der kurze Weg zum Badezimmer wirkte wie eine Flucht aus dem Strudel meiner Gedanken. »Ich brauche definitiv eine Portion von Giulias magischer Pasta«, murmelte ich vor mich hin, während ich dem tröstlichen Licht des Badezimmers entgegentrat.

Vielleicht war es der Tee oder die entspannte Atmosphäre bei Giulia, aber als ich in den Spiegel schaute, bemerkte ich, dass sich meine Zombie-artigen Schatten unter den Augen in eine überraschend lebendige Röte verwandelt hatten. Meine Sommersprossen schienen im Badezimmerlicht zu leuchten, als wären sie froh, endlich wieder gesehen zu werden.

Ich blinzelte überrascht in mein eigenes Gesicht, als ob ich nicht ganz sicher war, wer mir da entgegenlächelte. War das wirklich ich? Es fühlte sich an, als hätte ich einen Hauch von Leben zurückgewonnen, und ich musste mir ein Schmunzeln verkneifen. Vielleicht war ich ja doch nicht so schlecht dran, wie ich gedacht hatte.

Der Gedanke, dass ich tatsächlich ganz okay aussah, war irgendwie tröstlich. Fast so, als ob ich zu mir selbst sagen wollte: »Siehst du, so schlimm ist es gar nicht.« Plötzlich fühlte ich mich viel mehr wie eine normale Person und weniger wie ein wandelnder Katastrophenfilm.

Der Duft von Giulias köstlichem Essen drang durch die Tür und ließ mich erkennen, wie dankbar ich für ihre Gastfreundschaft war. Vielleicht würde alles besser werden, und dieser kleine Funke der Selbstakzeptanz war der erste Schritt in die richtige Richtung.

Ich war mir nicht sicher, wie lange ich schon im Badezimmer war. Die Zeit schien hier anders zu vergehen – langsamer, vielleicht weil ich es nicht gewohnt war, einfach mal stillzustehen und tief durchzuatmen. Nachdem ich meine verbesserten Gesichtszüge genügend erforscht hatte, wandte ich mich der Badezimmerheizung zu, an der mein durchnässtes Gewand hing. Giulia hatte sie extra für mich voll aufgedreht, sodass die warme Luft meine Kleidungsstücke zu trocknen begann. Mit einem prüfenden Griff stellte ich fest, dass sie noch feucht waren, zumindest in den unangenehmsten Bereichen. Das war der Punkt, an dem ich überlegte, ob ich es riskieren sollte, mich wieder in meine halb getrocknete Kleidung zu zwängen oder lieber im gemütlichen Pyjama zu bleiben. Immerhin war es spät, und Giulia schien überhaupt keine Eile zu haben, mich wieder in den kalten anbrechenden Morgen zu entlassen. Der kuschelige Pyjama war einfach zu verlockend. Also beschloss ich, mich noch ein bisschen in dieses geliehene Wohlfühloutfit zu kuscheln und die Zeit mit Giulia zu genießen. Schließlich hatten wir gerade erst begonnen, über das Geheimnis des Glücks zu sprechen und ich wollte unbedingt mehr darüber erfahren.

Zurück im Wohnzimmer konnte ich schon von weitem den köstlichen Duft der Pasta riechen, der aus der offenen Küche herüberzog. Giulia war dabei, die letzten Handgriffe zu machen, um ihre Mahlzeit zu vollenden. Die dampfenden Nudeln wurden mit einer gekonnten Bewegung auf zwei helle Keramikteller verteilt, und der Anblick des schmelzenden Parmesans, den sie frisch über die Pasta rieb, ließ mir das Wasser im Mund zusammenlaufen.

Ich beobachtete, wie sie den Käse sorgfältig verteilte, und musste unwillkürlich an meinen Papa denken. Sein unerschütterlicher Glaube an die Authentizität von Lebensmitteln hatte uns oft Diskussionen über Supermarktprodukte beschert. »Ein Parmesan muss frisch gerieben serviert werden!«, pflegte er immer zu sagen, während er das vorgeriebene Zeug aus den Plastikverpackungen vehement abwies.

Giulia schien eine echte Meisterin am Herd zu sein, und es war klar, dass sie mit Herz und Seele kochte. Als sie die Teller auf die Küchenzeile stellte, die die Küche vom Wohnzimmer abgrenzte, konnte ich mein Lächeln nicht mehr verbergen. »Giulia, ich glaube, ich habe schon beim Geruch deiner Pasta zwei Kilo zugenommen«, scherzte ich, während ich mich an die Theke setzte.

Meine italienische Köchin lachte und winkte ab. »Ach, hör auf. Essen soll Freude bereiten, kein Grund für Schuldgefühle. Außerdem, ein bisschen Pasta schadet nie.« Ihre unbeschwerte Art ließ mich entspannen, und ich freute mich darauf, diese hausgemachte Köstlichkeit zu genießen.

Während ich die erste Gabel in die Pasta tauchte, verspürte ich eine angenehme Wärme. Es war nicht nur das Essen, das so gut duftete, sondern auch die Atmosphäre, die Giulia geschaffen hatte. Ihr liebevoll dekoriertes Zuhause strahlte eine Gemütlichkeit aus, die mir das Gefühl gab, willkommen zu sein. Es war genau das, was ich in letzter Zeit am meisten vermisst hatte: einen Ort, an dem ich einfach sein konnte, ohne ständig eine Rolle spielen zu müssen.

»Weißt du, was das Beste an unserer Situation ist?«, fragte ich Giulia, während ich ein Stück Pasta auf die Gabel wickelte. »Es fühlt sich an, als wären wir wieder Studentinnen. Keine Regeln, keine Verpflichtungen – einfach essen und reden bis zum Morgengrauen.« Ein herzhaftes Lachen entfuhr Giulia, als sie die Gabel beiseitelegte. »Als ich in Bologna studierte, hatten wir mal eines nachts die Idee, alle Bibliotheksstühle in den Flur zu stellen und damit eine Art Kegeln zu spielen. Der Hausmeister war nicht gerade begeistert.« Ich schüttelte den Kopf und lachte. »Bei uns in Wien haben wir mal nach einer durchgemachten Nacht versucht, herauszufinden, wie viele Leute in meinen VW Golf passen. Ich glaube, wir haben die Kapazitätsgrenze erreicht. Es war erstaunlich, dass wir das ohne Schäden am Auto geschafft haben.« »Das erinnert mich daran, wie wir zu viert versucht haben, herauszufinden, wie viele Pizzen wir auf einmal bestellen konnten, bevor der Lieferdienst uns für verrückt erklärt. Die Antwort war zwölf«, kicherte meine Freundin. »Zwölf?« Ich verschluckte mich fast vor Lachen. »Wie habt ihr das überhaupt geschafft?« »Mit viel Entschlossenheit und einem enormen Appetit«, antwortete Giulia grinsend. »Es war ein Festmahl!«

Wir entdeckten immer mehr Gemeinsamkeiten zwischen uns. Ob es nun nächtliche Abenteuer oder absurde Ideen waren, wir hatten mehr zu teilen, als ich erwartet hatte. Ich genoss diese ausgelassene Stimmung und die Sorgen des gestrigen Tages schienen weit weg.

Giulia stand auf, um eine Karaffe mit Wasser und zwei Gläser zu holen. Sie füllte die Gläser mit dem erfrischenden Wasser und reichte mir ein Glas. Es war eine willkommene Geste, denn bei all dem Lachen wurde mein Hals langsam trocken. »Danke, Giulia«, sagte ich, als ich nach meinem Glas griff und einen großen Schluck nahm. Das spritzige Wasser war genau das Richtige, um uns wieder ein wenig zu beruhigen. »Keine Ursache«, antwortete Giulia lächelnd, »Immerhin müssen wir nach der langen Nacht bei Kräften bleiben.« Sie nahm ebenfalls einen Schluck und setzte sich an der Küchentheke mir wieder gegenüber. Der Ausdruck in ihren Augen verriet, dass sie sich wirklich freute, jemanden gefunden zu haben, mit dem sie so offen und locker reden konnte. Ich fühlte mich ein wenig, als wäre ich wieder zwanzig, als das Leben noch eine Mischung aus Freiheit und verrückten Ideen war – während Giulia vermutlich längst wusste, dass diese unbeschwerte Phase irgendwann von Verantwortung, Entscheidungen und den unvermeidlichen Wendungen des Lebens abgelöst wird.

Lächelnd hob ich das Glas in die Luft. »Auf uns und auf das Glück, das uns zusammengeführt hat«, sagte ich, mit einem Augenzwinkern. Giulia hob ebenfalls ihr Glas und wir stießen an. »Auf das Glück«, wiederholte sie, ihre Augen glänzten. »Und auf die verrückten Wege, die uns manchmal dorthin führen.« Mit einem weiteren Schluck spürte ich, wie das kühle Wasser meine Kehle beruhigte. Giulia tat es mir gleich und stellte das Glas wieder auf die Theke. Es war ein kleiner Moment der Ruhe, der uns daran erinnerte, dass es manchmal die unerwarteten Begegnungen sind, die das Leben bereichern. Die Nacht hatte uns eine besondere Freundschaft gebracht und die Aussicht, vielleicht auch ein bisschen von diesem Glück zu finden, das wir beide suchten.

Mit dem Gedanken an das Glück musste ich wieder lächeln. Gleichzeitig wanderten unsere Blicke zum Couchtisch, wo der Notizblock unbeschrieben lag, bereit, mit unseren Ideen und Überlegungen gefüllt zu werden. Wir wussten, dass wir jetzt ernsthaft daran arbeiten mussten, unser Experiment zu starten. Der Gedanke an die bevorstehenden Alltagsverpflichtungen, die uns bald wieder in ihren Bann ziehen würden, machte uns bewusst, dass wir nicht mehr viel Zeit hatten. Die Stunden drängten uns zu einer klaren Deadline, und wir wollten sie nutzen.

KAPITEL 22

Die Stärke einer Kaffeebohne

Giulia tauchte noch ein Stück Brot in die Sauce in ihrem Teller und genoss die letzten Reste ihrer Pasta. Als ich sie beobachtete, dachte ich an meinen Papa. Meine Mutter hatte sich immer darüber beschwert, wenn er das Gleiche tat und gesagt, dass man das nicht macht. Doch Papa hatte einfach nur gelächelt und weiter getunkt. Irgendwie gab mir das ein warmes Gefühl, als wäre ein Stück Kindheit in diesen Moment zurückgekehrt.

Als meine italienische Freundin unsere Teller in das Spülbecken stellte, sprach sie entschlossen: »Na dann, lass es uns angehen!« Sie nahm die Karaffe und ich unsere Gläser und gemeinsam machten wir es uns auf dem roten Sofa wieder bequem. Die Atmosphäre war entspannt, aber es lag auch eine gewisse Aufregung in der Luft. Wir waren bereit, das Experiment zu starten. Zwei Frauen, die beide auf der Suche nach Glück und Zufriedenheit waren, hatten sich in dieser Nacht gefunden. Es fühlte sich an, als könnten wir gemeinsam etwas Neues entdecken.

Giulia hatte eine Idee: »Lass uns ein Rollenspiel machen. Jeder von uns erzählt dem anderen, welche Stärken und Quellen der Resilienz er in der Geschichte des anderen gehört hat.« Ich fand die Idee genial und fragte: »Woher hast du das? Klingt sehr therapeutisch.« Giulia grinste und zuckte mit den Schultern. »Ich habe das aus meinen vielen Therapiestunden. Sie helfen einem, die Perspektive zu wechseln und Dinge aus einem anderen Blickwinkel zu sehen. Manchmal entdeckt man dabei auch neue Seiten am Gegenüber.« Ich war beeindruckt von ihrem Einfallsreichtum und gespannt, was sie in meiner Geschichte herausgehört hatte. »Okay, dann leg du mal los«, sagte ich, neugierig auf ihre Interpretation.

Giulia nahm einen tiefen Atemzug und begann: »Nun, Charlotte, in deiner Geschichte erkenne ich eine Menge Stärke. Du bist widerstandsfähig und hast viel durchgemacht. Der Verlust deines Vaters, die Herausforderungen in deiner Beziehung zu Werner und all die Veränderungen, die das mit sich brachte. Trotzdem hast du nicht aufgegeben. Du bist hier, und du willst herausfinden, wie du glücklich werden kannst. Das zeigt, dass du bereit bist, dich den harten Fragen des Lebens zu stellen.« Ihre Worte berührten mich.

Es war seltsam, wie jemand, der mich kaum kannte, so viel aus meiner Geschichte herauslesen konnte. Aber genau das machte diese Übung so wertvoll – es ging darum, sich gegenseitig zu verstehen, ohne voreilige Urteile. »Du weißt, Charlotte«, sagte Giulia, »du bist wie eine Kaffeebohne, die trotz des Drucks immer noch das Beste aus sich herausbringt. Du magst vielleicht Angst haben, aber Aufgeben ist nicht dein Ding.« Ich war überrascht. »Kaffeebohne? Echt jetzt?«, entgegnete ich mit einem Lächeln. »Das ist eine interessante Metapher. Also, wenn ich richtig verstanden habe, bin ich zäh, koffeinhaltig und hinterlasse Flecken, die man nie wieder rauskriegt?« Giulia lachte und nickte. »Genau, aber vor allem bist du hart im Nehmen. Du wirst nicht zerdrückt. Deine Ängste mögen groß sein, aber du hältst trotzdem durch. Das ist eine echte Stärke.«

»Vielleicht«, sagte ich nachdenklich. »Aber wenn ich wirklich so stark wäre, hätte ich dann nicht schon längst Entscheidungen getroffen, anstatt in dieser seltsamen Schwebe zwischen Hoffnung und Resignation zu leben?« Meine Freundin zwinkerte mir zu. »Stark sein bedeutet nicht, dass man immer alle Antworten hat. Manchmal ist Stärke einfach die Weigerung, aufzugeben. Und du gibst nicht auf, das kann man deutlich sehen. Auch wenn du manchmal wie eine Kaffeebohne in der Mühle steckst, du lässt dich nicht so leicht zermahlen.« Ich musste bei diesem Bild lachen. »Okay, du hast recht, ich gebe nicht auf«, gab ich zu. »Vielleicht ist das meine Kraftquelle – die Hoffnung, dass ich irgendwann herausfinde, was mich wirklich glücklich macht.«

»Na siehst du«, sagte Giulia, »das ist doch schon ein guter Anfang. Jeder von uns hat seine eigenen Ängste und Zweifel, aber solange wir die Hoffnung nicht verlieren, gibt es immer einen Weg nach vorne. Und wer weiß, vielleicht finden wir diesen Weg gemeinsam.«

Ich lächelte, froh über Giulias optimistische Sichtweise, auch wenn ich immer noch nicht sicher war, wie ich das alles in meinem eigenen Leben umsetzen sollte. Aber immerhin war der Anfang gemacht, und das war besser als nichts.

Giulia nahm den Stift, drehte ihn zwischen ihren Fingern und lächelte mich an. »Okay, wie formulieren wir das?«, fragte sie. »Vielleicht so etwas wie: Das erste Geheimnis des Glücks: Niemals aufgeben! Die Hoffnung ist unsere Kraftquelle. Klingt das gut?« Ich nickte, während ich darüber nachdachte. »Das ist ein guter Anfang. Vielleicht noch etwas über die Bereitschaft, Veränderungen zu akzeptieren? Dass man offen für Neues sein sollte?« Meine italienische Freundin schrieb den Satz auf und fügte dann hinzu: Offen sein für Veränderungen. Die Bereitschaft, sich selbst zu entdecken und neue Wege zu gehen. Sie las die Zeilen noch einmal durch und nickte zufrieden. »Das fühlt sich richtig an.« Zurücklehnend betrachtete ich die Worte, die jetzt im Notizbuch standen. »Ja, das ist ein guter Leitfaden«, sagte ich. »Es erinnert uns daran, dass Glück nicht immer leicht zu erreichen ist, aber dass wir weitermachen müssen, selbst wenn es schwierig wird.«

Giulia legte den Stift beiseite und nahm einen Schluck Wasser. »Weißt du, Charlotte, manchmal vergessen wir, wie wichtig es ist, uns selbst zu verzeihen, wenn die Dinge nicht so laufen, wie wir es uns wünschen.« »Vielleicht sollten wir das als Erinnerung auch aufschreiben«, sagte ich nachdenklich. »Sich selbst verzeihen und Geduld haben, wenn die Dinge nicht sofort perfekt sind.« »Genau!«, lächelte Giulia, »Und vor allem: Lachen. Das ist so wichtig. Wenn wir das Lachen verlieren, dann ist der Weg zum Glück umso schwieriger.« Ich konnte nicht anders, als zu grinsen. »Ich denke, wir sollten auch ›Blöde Scherze machen‹ dazu nehmen. Das hat uns heute Abend definitiv geholfen.« Wir lachten und Giulia schrieb diesen Punkt ebenfalls in das Notizbuch. »Absolut. Humor ist eine echte Geheimwaffe. Und jetzt sollten wir vielleicht noch eine Sache hinzufügen: Nicht alles so ernst nehmen. Manchmal ist es okay, die Zügel locker zu lassen und einfach das Leben zu genießen.«

Ich sah zu, wie sie diese Worte mit schwungvoller Handschrift in das Notizbuch eintrug. Während ich das Geschriebene betrachtete, dachte ich darüber nach, wie ich diese Prinzipien in mein eigenes chaotisches Leben integrieren könnte.

Das erste Geheimnis des Glücks – niemals aufgeben. Vielleicht sollte ich mir jeden Morgen eine kleine Erinnerung setzen, die mir sagte, dass ich, egal wie schwierig es wird, nicht aufgeben darf. Vielleicht könnte ich eine Art tägliches Ritual einführen, bei dem ich einen kleinen Fortschritt feiere, selbst wenn es nur ein winziges Stückchen war.

Offen sein für Veränderungen – die Bereitschaft, sich selbst zu entdecken und neue Wege zu gehen. In meinem aktuellen

Leben, das von Unsicherheit und Veränderungen geprägt war, könnte ich versuchen, neue Möglichkeiten zu erkunden, anstatt mich gegen alles zu wehren. Vielleicht könnte ich mich auf neue Projekte einlassen oder sogar neue Hobbys ausprobieren, um zu sehen, wohin sie mich führten.

Sich selbst verzeihen und Geduld haben – diese Idee war besonders wichtig für mich. Ich neigte dazu, mich selbst zu kritisieren, wenn Dinge nicht perfekt liefen. Vielleicht sollte ich lernen, mir selbst mehr Geduld entgegenzubringen und zu akzeptieren, dass Fehler Teil des Lernprozesses waren.

Lachen und blöde Scherze machen – diese Strategie beherrschte ich schon ziemlich gut. Vielleicht sollte ich jedoch gezielter nach Momenten suchen, in denen ich lachen konnte, ohne mich selbst abzuwerten. Mir bewusst Zeit nehmen, auch über die kleinen Dinge im Leben zu schmunzeln, könnte mir helfen, das Leben leichter zu nehmen.

Nicht alles so ernst nehmen – dieser Punkt könnte mir helfen, die täglichen Herausforderungen mit mehr Leichtigkeit zu nehmen. Vielleicht würde ich mir eine Liste von Dingen machen, die ich in stressigen Momenten tun konnte, um mich besser zu entspannen.

Der Gedanke, diese Prinzipien in mein Leben zu integrieren, machte mir Mut. Es würde sicher nicht einfach werden, aber mit Giulias Unterstützung und der Erinnerung daran, wie viele Stürme ich bereits überstanden hatte, fühlte ich mich bereit, diese neue Richtung zu gehen. Das Experiment hatte begonnen, und wir waren auf dem Weg, das Geheimnis des Glücks zu entschlüsseln.

KAPITEL 23

Lachen, Lieben und Loslassen

Ich fühlte, wie unsere Erkenntnisse in mir nachhallten. »...nicht alles so ernst nehmen ... die Zügel locker lassen ...« Obwohl meine Beziehung mit Werner gescheitert war, wusste ich, dass ich als Mutter für meine beiden Kinder Verantwortung trug. Ich konnte ihnen nicht einfach den Rücken kehren. Giulias Blick ermutigte mich, meine Gedanken laut auszusprechen.

»Weißt du, Giulia«, begann ich, »so chaotisch mein Leben auch ist, meine Kinder geben mir Halt. Ich will nicht nur für sie da sein, sondern ihnen auch ein Vorbild sein. Klar, die Beziehung mit Werner ist im Eimer, aber das bedeutet nicht, dass ich als Mutter versagt habe.« Meine Freundin nickte verständnisvoll. »Das ist eine wichtige Erkenntnis, Charlotte. Manchmal kommt der Antrieb, weiterzumachen, von den Menschen, die wir am meisten lieben. Es ist schön zu wissen, dass du das bei deinen Kindern spürst.« Ich lächelte leicht und spürte, wie die Last meiner Sorgen sich ein wenig lockerte. Trotz all der Unsicherheiten in meinem Leben hatte ich eine Konstante – die Liebe zu meinen Kindern.

»Deine Kinder sehen wirklich lieb aus«, bemerkte sie beiläufig. »Wie alt sind sie?« Giulia hatte mich wohl schon öfter mit meinen Kindern gesehen, wenn wir meinen Vater besuchten. Vielleicht war es die Art, wie ich mit ihnen umging oder die Freude in ihren Augen, wenn sie zu ihrem Opa zu Besuch kamen, die Giulia jetzt neugierig machte. »Akemi ist vierzehn und Tamara elf«, antwortete ich, spürte aber gleich, wie sich eine Traurigkeit in mir breit machte. Mein Vater hatte die beiden vergöttert und sein Haus war immer wie ein zweites Zuhause für sie gewesen. Jetzt, da er nicht mehr da war, fühlte sich alles anders an.

Ich atmete tief durch und versuchte, den Kloß in meinem Hals zu ignorieren. »Es ist nicht einfach für sie«, fuhr ich fort. »Seit einem Jahr leben ihre Eltern getrennt und jetzt haben sie noch ihren Opa verloren. Ich versuche mein Bestes, um ihnen in dieser schwierigen Zeit Halt zu geben, aber manchmal weiß ich selbst nicht genau, wie ich das schaffen soll.« Giulia nickte verständnisvoll. »Kinder sind stark, Charlotte. Sie spüren, wenn man sie liebt, und das ist wichtiger als alles andere.«

Ihre Worte beruhigten mich ein wenig. Ich wusste, dass sie recht hatte, aber die Zweifel, ob ich meinen Kindern wirklich das geben konnte, was sie brauchten, nagten immer an mir. Vielleicht bedeutete die Strategie »sich selbst zu verzeihen«, auch zu erkennen, dass es okay war, Fehler zu machen, solange man es mit Liebe tat.

Giulia unterbrach meine Gedanken. »Deine Kinder haben interessante Namen«, sagte sie mit einem leichten Lächeln. »Wie seid ihr darauf gekommen, sie Akemi und Tamara zu nennen?« »Oh, das ist eine lustige Geschichte«, antwortete ich mit einem Grinsen. »Akemi, unser Sohn, war eigentlich ein Unfall ... ich meine, der Name!« Ich fügte das schnell hinzu, als ich sah, wie Giulias Augen sich vor Staunen weiteten. »Wir hatten uns eigentlich für einen anderen Namen entschieden, aber dann kam Werner plötzlich mit Akemi daher und meinte, dass er supercool sei. Naja, er liebt eben Sushi.« Giulia brach in Lachen aus. »Das ist großartig!«, sagte sie. »Aber es wird noch besser!«, fügte ich hinzu, während ich versuchte, mein Kichern zu unterdrücken. »Dann bekamen wir eines Tages Post von einem japanischen Kindermädchen, das sich als Akemi vorstellte.« »Bitte sag mir, dass ihr nicht erst da gemerkt habt, dass Akemi normalerweise ein Mädchenname ist«, fragte Giulia mit einem breiten Grinsen.

»Doch, genau so war es!« Ich konnte nicht anders, als mitzulachen. »Aber unser Sohn hat sich schnell daran gewöhnt. Zum Glück ist er so einer, der einfach mit allem klarkommt. Und jetzt wirkt der Name sogar ziemlich exotisch, findest du nicht?« »Absolut!«, antwortete Giulia, immer noch lachend. »Es ist definitiv einzigartig. Und das ist doch das Wichtigste, oder?« Giulia konnte es kaum glauben.

»Das ist wirklich eine einmalige Geschichte! Ihr habt ihm einen Mädchennamen gegeben und es erst durch das Kindermädchen bemerkt! Aber zumindest habt ihr es geschafft, die Situation mit Humor zu nehmen.« »Ja, was bleibt einem auch anderes übrig?«, meinte ich schulterzuckend. »Jetzt sagt er, er sei einzigartig und alle seine Freunde denken, er sei nach einem Manga-Charakter benannt oder so. Es gibt definitiv Schlimmeres.«

Wir lachten noch eine Weile darüber. Ein Teil unseres Leitbildes für das Finden des Glücks war, Humor als Geheimwaffe zu verwenden. Es stimmte, Lachen ist wie ein Reset-Knopf für die Seele. Gerade solche absurden Geschichten erinnern uns daran, dass das Leben nicht immer so ernst sein muss.

Mir fiel ein, wie mein Vater immer sagte: »Lachen und Lieben sind doch die schönsten Gaben der Menschen!« Ich musste lächeln, als ich daran dachte, wie oft er diesen Satz wiederholte, als wäre er eine Art Lebensmantra. Papa war immer ein unverbesserlicher Optimist, und sein Lachen war ansteckend. Jetzt, wo ich mit Giulia zusammensaß und wir über all diese Dinge sprachen, verstand ich endlich, was mein Vater meinte. Lachen hatte die Fähigkeit, die Schwere des Lebens zu heben, und Liebe gab uns den Mut, weiterzumachen, selbst wenn alles andere zerbrach.

Während ich an meinen Vater dachte, spürte ich ein warmes Gefühl der Dankbarkeit. Vielleicht war das der Schlüssel, den er mir hinterlassen hatte – nicht die großen Erfolge oder das perfekte Leben, sondern die Fähigkeit, über das Unmögliche zu lachen und das Herz zu öffnen, selbst wenn es weh tat.

Giulia sah mich an und bemerkte das Lächeln auf meinem Gesicht. »Woran denkst du?«, fragte sie neugierig. »An meinen Vater«, antwortete ich leise. »Er glaubte fest daran, dass Humor und Liebe das Geheimnis eines erfüllten Lebens waren.«

»Er war ein weiser Mann«, sagte Giulia mit einem sanften Lächeln. »Das war er«, bestätigte ich. »Vielleicht sollten wir ihn zu unserem inoffiziellen Mentor machen und seinen Rat in unser Experiment einfließen lassen.« »Ich bin dabei«, sagte Giulia und hob ihr Glas. »Auf Lachen, Liebe und das Experiment!« Ich hob ebenfalls mein Glas und stieß mit ihr an. »Auf Lachen, Liebe und das Experiment«, wiederholte ich und schrieb feierlich das Lebensmantra meines Papas in das Notizbuch: Lachen und Lieben sind die schönsten Gaben der Menschen.

Nun war ich an der Reihe, Giulias Geschichte aus meiner Sicht zu interpretieren.

KAPITEL 24

Der schmale Grat zwischen Anpassung und Selbstaufgabe

Als ich Giulia ansah, fühlte ich eine Mischung aus Bewunderung und Erstaunen. Seit Beginn unseres Experiments, bei dem wir versuchten, neue Wege zum Glücklichsein zu finden, war ich fasziniert von ihrer inneren Stärke. Giulia schien eine ruhige Entschlossenheit zu besitzen, ein inneres Gleichgewicht, nach dem ich schon so lange suchte.

»Giulia!«, sagte ich nachdenklich, »ich muss sagen, ich bin beeindruckt von deinem Mut. Du hast dich gegen diesen fiesen Typen gewehrt und hast nicht nur deine Eltern befreit, sondern auch anderen geholfen, indem du deine Geschichte mit einem Journalisten geteilt hast. Wer weiß, wie viele Leben du dadurch gerettet hast.«

Meine Freundin zuckte mit den Schultern und lächelte etwas gequält. »Ich weiß nicht, ob das immer eine Stärke ist, Charlotte. Manchmal frage ich mich, ob ich zu viel riskiert habe. Vielleicht hätte ich anders handeln können, sicherer für meine Eltern. Es war ein schmaler Grat zwischen Mut und Leichtsinn, und ich weiß nicht, ob ich immer auf der richtigen Seite war.«

Ich konnte verstehen, was sie meinte. Aber im Gegensatz zu Giulia hatte ich das Gefühl, wie eine Fahne im Wind zu sein, mich ständig anzupassen, um den Erwartungen anderer zu entsprechen. Vielleicht war genau das der Grund, warum ich meinen eigenen Weg verloren hatte. Oder war es die falsche Abzweigung, die ich irgendwann genommen hatte, als ich beschloss, andere über mich selbst zu stellen oder anderen gefallen zu wollen?

»Ich wünschte, ich hätte deine Entschlossenheit«, gestand ich. »Manchmal frage ich mich, ob ich überhaupt weiß, wer ich wirklich bin. Ich habe das Gefühl, ich verliere mich in all den Rollen, die ich spielen muss. Als Mutter, als Ehefrau, als ... na ja, als alles andere.« Giulia lächelte verständnisvoll. »Ich denke, das geht vielen Menschen so. Aber das Wichtigste ist, dass du jetzt hier bist und bereit bist, deinen eigenen Weg zu finden. Wir haben alle mal unsere Orientierung verloren, aber das heißt nicht, dass wir sie nicht wiederfinden können.«

Ihre Worte beruhigten mich ein wenig, aber ich erkannte auch, dass Giulia ihre eigenen Selbstzweifel hatte, genau wie ich. Doch was sie für ihre Schwäche hielt, war auch ihre Stärke. »Giulia, ich finde, was du getan hast, zeugt von einem unglaublich starken Charakter. Manchmal braucht es genau das – jemanden, der bereit ist, Risiken einzugehen, um Gutes zu tun. Das ist eine Seite der Stärke, auch wenn es sich nicht immer so anfühlt«, sagte ich sanft. Giulia nickte. »Vielleicht hast du recht. Aber ich denke auch, dass du eine Stärke hast, die mir fehlt. Du kannst dich anpassen und Menschen ein gutes Gefühl geben. Ich sehe es, wenn du über deine Kinder sprichst. Du bist eine gute Mutter, auch wenn du dich manchmal unsicher fühlst.«

In diesem Moment wurde mir klar, dass auch Anpassungsfähigkeit Teil unseres Experiments war. Bisher hatte ich das immer als Schwäche gesehen, doch Giulia zeigte mir, dass es auch eine Stärke sein konnte. Vielleicht war genau das der Punkt: In unserem Experiment ging es nicht nur darum, herauszufinden, was uns glücklich macht, sondern auch darum, unsere vermeintlichen Schwächen neu zu bewerten und ihre positiven Seiten zu entdecken.

»Das ist das Schöne am Perspektivenwechsel«, sagte ich leise. »Wir können in jeder vermeintlichen Schwäche eine Seite der Stärke entdecken.« Giulia lächelte. »Genau, es hängt alles davon ab, wie man es betrachtet. Das wäre eine weitere Strategie für die Suche nach dem Glück!«, triumphierte Giulia und schrieb unsere neue Erkenntnis in das kleine Heft: die Perspektive wechseln und die Stärke in unseren Schwächen finden.

Ich nickte, glücklich über einen weiteren gefundenen Leitfaden in unserem Experiment. »Das klingt nach einer guten Strategie!«, sagte ich.

Nach einer kurzen Weile des Schweigens konnte ich nicht anders, als Giulia direkt zu fragen: »Glaubst du wirklich, dass in jeder Schwäche eine Stärke versteckt ist? Ich meine, es ist eine Sache, sich für andere anzupassen, aber ist es nicht auch gefährlich, wenn man nie für sich selbst einsteht? Ich frage mich, ob ich vielleicht nur den einfacheren Weg gegangen bin, weil ich Angst vor den Herausforderungen hatte.« Meine Freundin sah mich aufmerksam an. »Ich verstehe, was du meinst. Es ist ein schmaler Grat zwischen Anpassungsfähigkeit und Selbstaufgabe. Und manchmal ist es einfacher, sich zu fügen, anstatt sich den Schwierigkeiten zu stellen. Aber es ist auch wichtig, sich selbst nicht zu verlieren. Hast du dich je gefragt, warum du nicht das studiert hast, was dich wirklich interessiert? Oder warum du in einem Job gelandet bist, den du nicht magst?«

Ihre Fragen trafen mich unerwartet tief. »Ich glaube, ich habe einfach den Weg des geringsten Widerstands gewählt«, gestand ich. »Vielleicht war es bequemer, dem zu folgen, was von mir erwartet wurde. Ich wollte es allen recht machen – meinen Eltern, Werner, sogar meinem Chef. Aber dabei habe ich vielleicht vergessen, was ich selbst wirklich will.« Giulia nickte verständnisvoll. »Es ist schwer, aus diesen Mustern auszubrechen. Die Erwartungen der anderen können erdrückend sein. Aber es ist nie zu spät, sich selbst zu fragen, was man wirklich will. Vielleicht ist das eine wichtige Erkenntnis: den Mut finden, für sich selbst einzustehen, auch wenn es unbequem ist.«

Ich schrieb diesen Satz auf unsere Liste, aber ich fühlte immer noch den Zweifel in mir. »Aber was ist, wenn ich nicht mehr weiß, was ich will? Wenn ich mich so lange angepasst habe, dass ich keine eigenen Wünsche mehr habe?« Giulia lächelte ermutigend. »Dann ist es an der Zeit, neue Wünsche zu entdecken. Du kannst klein anfangen, Schritt für Schritt. Du musst nicht sofort alles verändern, aber du kannst dir erlauben, dich selbst wiederzuentdecken. Vielleicht gibt es Dinge, die du früher geliebt hast, und du kannst sie wiederfinden.«

Ich spürte, wie eine Welle der Erleichterung über mich kam. Vielleicht hatte Giulia recht. Vielleicht war es möglich, sich selbst neu zu entdecken, auch nach all den Jahren der Anpassung. Es würde Zeit brauchen, aber es war ein Anfang. Und vielleicht würde ich den Mut finden, meine eigenen Wünsche wiederzubeleben.

KAPITEL 25

Neuanfänge

»Also«, begann ich, während ich die Karaffe nahm und mir Wasser in mein Glas einschenkte, »als Werner vor einem Jahr einfach nach Las Vegas abgehauen ist, konnte ich es kaum fassen. Er hat uns alle im Stich gelassen – mich, die Kinder, sogar seine Eltern. Besonders seinen Vater, diesen überaus steifen Dr. iur. Dr. und Was-weiß-ich-was-Steinberger, der erwartet hatte, dass Werner irgendwann seine Kanzlei übernimmt.« Giulia hob eine Augenbraue. »Der Vater mit den ganzen Titeln? Der klingt wie eine wandelnde Visitenkarte.« »Genau der«, sagte ich und rollte mit den Augen. »Der Typ ist so steif, dass man denken könnte, er wurde in seiner Jugend versehentlich in Beton gegossen.« Giulia schmunzelte und hielt sich die Hand vor den Mund. »Und dann haut Werner einfach ab, ohne ein Wort, nur eine Notiz auf dem Küchentisch«, erzählte ich kopfschüttelnd weiter. »Ich kann seinen Drang nach Freiheit sogar irgendwie verstehen, denn sein Vater ist wie eine menschliche Kette aus Erwartungen. Aber das entschuldigt doch nicht, dass er mich und die Kinder im Stich lässt!«

Giulia nickte zustimmend. »Es ist wirklich schwer, wenn jemand, auf den man sich immer verlassen hat, plötzlich verschwindet.« Sie war voller Mitgefühl, und ich konnte sehen, wie ihre Augen einen Moment lang in die Ferne blickten, als ob sie selbst ihre Erfahrungen noch einmal durchlebte. »Aber vielleicht ist es auch eine Chance, oder?« »Ja, und das ist der Punkt«, sagte ich und seufzte. »Werner war weg, und plötzlich merkte ich, dass ich nicht nur aus seinem Leben, sondern auch aus dem Job bei seinem Vater raus wollte. Ich meine, der Hosenanzug und die Stöckelschuhe waren wirklich nicht meins. Ich wollte nie in einer Kanzlei arbeiten, und trotzdem bin ich da irgendwie gelandet. Nur weil ich dachte, das sei das Beste für unsere Familie.« Verständnisvoll entgegnete Giulia: »Manchmal braucht man so einen Bruch, um zu erkennen, was man wirklich will. Und wenn du es nicht mehr aushalten kannst, solltest du dich davon lösen.« »Genau das habe ich auch gemacht«, sagte ich und fühlte die Erleichterung. »Ich konnte endlich raus aus dem steifen Anzug und dem ganzen formellen Unsinn. Ich will das Leben wieder genießen, ohne ständig zu denken, wie ich den Erwartungen anderer gerecht werde. Und ich will meinen Kindern zeigen, dass es okay ist, eigene Entscheidungen zu treffen.«

Ich nahm einen Schluck Wasser und erzählte Giulia weiter, was dann passiert war. »Also, ich wusste, dass ich raus aus der Kanzlei musste. ›Make it better‹ – das war der Slogan von Steinbergers Kanzlei. Ich bin mir sicher, das war Werners Idee. So ein Slogan, der den Druck sofort erhöht. Es klang nach einer ständigen Aufforderung, alles zu übertreffen, sich immer wieder selbst zu übertreffen. Und genau das konnte ich nicht mehr ertragen.«

Giulia nickte mitfühlend. »Ich kann verstehen, warum du das nicht mehr wolltest. Aber was hast du dann gemacht?«

»Naja, ich suchte nach einem Job, bei dem ich nicht ständig im Anzug und Stöckelschuhen herumlaufen musste. Und dann fand ich Öko Business Consulting, ÖBC. Das klang alles perfekt: Man konnte in Latzhosen arbeiten, und es ging darum, Firmen zu beraten, wie sie ökologischer arbeiten können und Ressourcen sparen.« Giulia schmunzelte. »Das klingt viel entspannter als Make it better.« »Ja, das dachte ich auch. Anfangs hatte ich auch viel Spaß mit meinen Kolleginnen. Wir waren fünf Frauen, jede mit einem völlig unterschiedlichen Charakter, wie man es sich nur vorstellen kann. Aber alle unauffällig gekleidet, in warmen Braun- und Grüntönen, mit weiten Hosen und langen schlabbrigen Ärmeln. Sehr bequem!« Ich musste lachen, als mir unser Running Gag einfiel. »Die Abkürzung unserer Firma, Öko Business Consulting, ist ja ÖBC. Es kam öfter vor, dass ältere Herrschaften sich verwählten und eigentlich den Österreichischen Bowling Club erreichen wollten. Wir machten es uns dann zum Spaß, uns, wenn unser Chef Manfred nicht da war, mit Bowling Club zu melden. Es war sehr amüsant, die verwirrten Reaktionen der Anrufer zu hören.« Auch Giulia musste grinsen. »Warum nicht mal ein wenig herumblödeln. Arbeiten sollte ja Spaß machen.«

Ich erzählte weiter: »Aber dann stellte sich heraus, dass unser Chef, den wir Mani nennen, weil er manchmal ziemlich manisch wirkt, irgendwie einen anderen Plan mit mir hatte. Er akquiriert große Firmen als Klienten, um ihnen zu helfen, Zertifikate zu kaufen, damit sie so tun können, als wären sie ökologisch. Und jetzt kommt der schlimmste Teil: Mani schanzt mir diese Klienten zu, weil ich die einzige Akademikerin im Team bin. Er denkt wohl, ich wäre die Einzige, die mit diesen Managern umgehen könnte.« Giulia hob eine Augenbraue. »Das klingt nach einer ziemlichen Herausforderung.« »Das ist es auch. Da dachte ich, ich hätte endlich den perfekten Job gefunden, und dann ist es doch wieder nur eine Masche, um das System zu betrügen. Und ich wurde mit hineingezogen. Jeden Tag muss ich mir anhören, dass ich das Beste aus der Situation machen sollte. Make it better, aber auf eine ganz andere Art.«

»Und was machst du jetzt?«, fragte Giulia. »Ich versuche, das Positive zu sehen, aber es ist schwer. Ich meine, ich habe gerade einen Neuanfang gewagt, und dann das. Aber ich kann nicht zurück zur Kanzlei, das steht fest. Also muss ich lernen, irgendwie damit umzugehen.« »Das ist nicht leicht«, sagte Giulia. »Aber du bist stark, Charlotte. Das hast du schon bewiesen.« »Ich frage mich, ob ich diese ganzen unglaublichen Situationen in meinem Leben anziehe, weil ich einfach keinen Fokus habe«, sagte ich, den Blick auf mein halb leeres Glas gerichtet. »Es ist wie dieses Karussell in meinem Kopf, das niemals aufhört zu drehen.«

Giulia stellte ihr Glas auf den Couchtisch und sah mich aufmerksam an. »Fokus ist etwas, das man tatsächlich trainieren kann wie einen Muskel. Es braucht Geduld und Übung, aber es ist möglich. Der Schlüssel ist, das Karussell langsam zu stoppen.«

»Das klingt nach etwas, das ich dringend bräuchte«, antwortete ich sehnsüchtig. »Ich habe immer das Gefühl, dass ich von einer Sache zur nächsten hetze, ohne wirklich irgendwo anzukommen. Ich will auch so eine innere Ruhe haben wie du, wenn du von deinen Naturerlebnissen erzählst. Dieses Gefühl, Teil eines größeren Ganzen zu sein.«

Mein Blick wanderte zu meinem kleinen Freund, dem Buddha. Es stimmte, in dieser Nacht hatte ich seit Langem wieder ruhige Momente, in denen ich meine Gedanken ordnen konnte. Eine Stille, die mich aufatmen ließ und durch die ich meine Umgebung klarer wahrnehmen konnte. So, als hätte ich eine Pause-Taste in meinem Leben gefunden, die es mir ermöglichte, aus dem hektischen Alltag auszubrechen.

Giulias Rat war wirklich wertvoll und ich schrieb ihn in unser Notizheft, damit ich mich immer wieder daran erinnern konnte: Fokus ist etwas, das man mit Geduld und Übung trainieren kann.

In diesem Moment des Innehaltens wurde mir klar, dass persönliche Entwicklung in meinem Leben oft durch große Umbrüche angestoßen wurde. Werners plötzlicher Abgang hat mir gezeigt, wie sehr ich mich von äußeren Erwartungen leiten ließ. Der Wechsel vom formellen Job zu Öko Business Consulting war ein Schritt in die richtige Richtung, doch auch hier fand ich mich in einem System wieder, das nicht ganz passte.

Es wurde deutlich, dass wahre Erfüllung nicht durch das Befolgen der Erwartungen anderer kommt, sondern durch das Erkennen und Verfolgen unserer eigenen Bedürfnisse. Es geht darum, den Mut zu finden, eigene Wege zu gehen und sich von alten Zwängen zu befreien.

KAPITEL 26

Die Bedeutung der kleinen Schritte

Ich musste schmunzeln, während ich den Buddha betrachtete. »Dieser kleine Kerl hat mir mehr geholfen, als ich jemals gedacht hätte. Vielleicht liegt das Geheimnis wirklich in der Einfachheit und in den kleinen Momenten der Ruhe, die wir uns gönnen.«

»Es beginnt mit kleinen Schritten«, sagte Giulia, »wenn du zum Beispiel morgens aufwachst, nimm dir Zeit, bewusst zu atmen, vielleicht mit einem Ritual, das dir gefällt. Es könnte eine Tasse Tee oder eine kurze Meditation sein. Es geht darum, den Tag mit einer ruhigen Einstellung zu beginnen.«

Dieser Gedanke führte mich zu einer wichtigen Erkenntnis für unser Experiment: Es sind oft die kleinen, bewussten Schritte, die den größten Unterschied machen. Wenn wir uns bewusst Zeit für uns selbst nehmen und die einfachen Dinge im Leben wertschätzen, können wir einen Zustand innerer Ruhe erreichen, der uns hilft, unseren Weg klarer zu sehen und bewusster Entscheidungen zu treffen.

»Aber Meditation? Das klingt nach einer Fähigkeit, die ich

definitiv nicht habe«, entgegnete ich mit einem sarkastischen Grinsen. »Ich kann kaum stillsitzen, ohne darüber nachzudenken, was ich noch alles erledigen muss.« Ich nahm die Decke vom Sofa und zog sie mir über meine Schultern. »Das war´s dann wohl mit dem Zen.«

Giulia lächelte. »Genau das ist der Punkt. Es geht nicht darum, perfekt zu sein, sondern sich selbst die Erlaubnis zu geben, sich zu entspannen. Sich selbst zu vergeben, wenn die Gedanken abschweifen. Es ist ein Prozess, der Zeit braucht.«

»Zeit ist das, was ich nie habe«, seufzte ich. »Aber vielleicht könnte ich es versuchen, langsam, um zu sehen, ob ich endlich verstehen kann, wo mein Weg ist. Manchmal fühlt es sich an, als wäre ich irgendwo auf einer Landkarte, aber ohne Kompass oder Orientierung.« »Das ist der erste Schritt, sich daran zu erinnern, warum man überhaupt einen Weg sucht«, sagte Giulia. »Was macht dich glücklich? Was gibt dir Energie? Wenn du das findest, kann das Karussell aufhören sich zu drehen.«

Ich grübelte über Giulias Worte nach. Gerade eben fühlte ich mich so geborgen und glücklich. Obwohl es schon fast Morgen war, spürte ich keine Müdigkeit. Diese Gespräche über das Glück brachten mir eine Energie und eine Lebensfreude, die ich schon lange nicht mehr empfunden hatte. Aber wie konnte ich diese Erkenntnisse in meinen Alltag integrieren, in den normalen Wahnsinn, den ich tagtäglich erlebte?

Ich hatte oft gelesen, dass Meditation die Sinne schärft und Anspannungen lösen kann. Also nahm ich einen tiefen

Atemzug und konzentrierte mich auf meinen Körper. Einatmen, die Brust füllte sich langsam mit Luft, und beim Ausatmen senkte sich die Bauchdecke wieder. Ich spürte, wie sich meine Schultermuskulatur langsam entspannte. In diesem Moment schienen sich meine Gedanken aufzulösen, und ich empfand eine unerwartete, aber willkommene Ruhe in mir aufsteigen. Es war einfach nur ein Moment der Stille.

Dieses Gefühl durchströmte mich und brachte eine sanfte Wärme mit sich. Ich ließ meine Augen für einen Moment geschlossen und erlaubte mir, diesen Augenblick vollständig zu genießen.

Als ich die Augen wieder öffnete, fühlte ich mich erfrischt und innerlich gestärkt. »Giulia!«, rief ich begeistert, »vielleicht ist das der Schlüssel. Nur sein und an nichts denken. Es klingt so einfach, aber für ein paar Sekunden hatte ich das Gefühl, als hätte ich nichts im Kopf.« Meine Freundin nickte. »Das ist der perfekte Ansatz. Es gibt so viel Lärm im Alltag, so viele Anforderungen. Wir brauchen genau das – nur sein und an nichts denken.« »Sollten wir das nicht in unser Notizbuch schreiben?«, schlug ich vor. »Definitiv«, sagte Giulia. »Nur sein und an nichts denken.«

Ich griff nach dem Notizbuch und schrieb den Satz mit einem breiten Grinsen auf. Das war definitiv ein wichtiger Gedanke auf der Suche nach dem Glück. Einfach nur zu sein, ohne sich ständig mit Sorgen und To-Do-Listen zu überladen.

Zufrieden nahm ich einen Schluck Wasser und zeigte auf

den kleinen Buddha in der Ecke des Wohnzimmers. »Woher hast du den?«, fragte ich neugierig. »Der hat irgendwie so eine ... magische Aura.«

Giulia lächelte, und ihre Augen funkelten, als sie sich zurücklehnte. »Das ist eine lange Geschichte«, sagte sie. »Vor ein paar Jahren bin ich für ein halbes Jahr nach Nepal gereist. Ich brauchte einfach eine Auszeit und wollte etwas Abstand von allem gewinnen. Meine Eltern waren in Sicherheit und Kathmandu schien der perfekte Ort für mich zu sein – dort ist die Spiritualität allgegenwärtig und spürbar.« »Sechs Monate in Kathmandu?«, fragte ich. »Das klingt nach einem Abenteuer.« »Oh, das war es auch«, sagte Giulia mit einem Lächeln. »Ich habe dort einen Bergführer getroffen, der mich auf mehrere Trekkingtouren mitgenommen hat. Wir sind durch kleine Dörfer gewandert, haben in einfachen Hütten übernachtet und sind stundenlang durch die Berge gestapft. Die Aussicht war atemberaubend, und ich fühlte mich frei wie noch nie zuvor.« Ihre Augen leuchteten, als sie von ihren Erlebnissen erzählte, und ich konnte ihre Begeisterung spüren. »Ich entdeckte ein völlig neues Leben, weit weg von allem, was ich kannte. Die Stille der Berge und die Einfachheit der Hütten – es hat mich tief berührt.«

Ich konnte mir lebhaft vorstellen, wie Giulia inmitten der majestätischen Landschaft Nepals aufblühte. »Das klingt wirklich unglaublich«, sagte ich ehrfürchtig. »Wie hast du dich zu so einen großen Schritt motiviert?« Giulia zuckte mit den Schultern und lächelte. »Manchmal muss man einfach alles hinter sich lassen, um sich selbst zu finden. Kathmandu hat mir die Möglichkeit gegeben, das zu tun. Ich habe gelernt, loszulassen und im Moment zu leben, und das hat mein Leben verändert.« »Ich bewundere dich«, gestand ich. »Es muss schwierig gewesen sein, so weit weg von allem Vertrauten zu sein.« »Es war nicht immer einfach«, gab Giulia zu. »Aber es war jede Herausforderung wert. Ich habe so viel über mich selbst gelernt und neue Kraft geschöpft. Die Berge haben mir geholfen, mich selbst besser zu verstehen und inneren Frieden zu finden.«

Mit diesen Worten erkannte ich die Parallelen zum Abschied meiner Mutter. Damals schien es mir, als hätte sie keine Probleme damit gehabt, ihren Mann und ihre Kinder einfach zurückzulassen. In diesem Moment fragte ich mich, ob das meine Mutter in Ibiza auch finden konnte? Selbsterkenntnis und Frieden? Ich glaubte eigentlich nicht daran und schüttelte die Gedanken an meine Mutter ab.

Aber wie sagt man so schön: Der Weg ist das Ziel, und jeder kleine Schritt, den wir auf diesem Weg machen, bringt uns näher zu unserer Bestimmung.

KAPITEL 27

Echte Verbindungen

Ich spürte eine Welle der Inspiration. »Vielleicht sollte ich endlich meinen lang gehegten Traum von einem naturwissenschaftlichen Studium in Angriff nehmen«, flüsterte ich leise. »Wer weiß, welche verborgenen Geheimnisse und wissenschaftlichen Wunder dort auf mich warten.«

Giulia nickte ermutigend. »Absolut! Es gibt nichts Besseres, als sich selbst herauszufordern und neue Horizonte zu erkunden. Wer weiß, vielleicht stößt du auf ein wissenschaftliches Rätsel, das nur darauf wartet, von dir gelöst zu werden!« Sie zwinkerte mir zu, und plötzlich fühlte sich der Gedanke an ein naturwissenschaftliches Studium weniger erschreckend und vielversprechender an. »Aber was mich noch mehr interessiert, bevor wir weitere Strategien auf unserer Suche nach dem Glück suchen: War da eine Romanze zwischen dir und dem Bergführer?«, fragte ich mit einem verschmitzten Grinsen. Giulia lachte. »Vielleicht. Sein Name war Sanjay, und er kannte sich in den Bergen aus wie kein anderer. Er war immer so ruhig und gelassen, selbst wenn das Wetter umschlug oder der Weg steil und gefährlich wurde.

Ich mochte seine Gelassenheit, und ja, wir verstanden uns ziemlich gut.« »Mehr als nur gut?«, hakte ich nach, neugierig, wie sich die Geschichte entwickelte. »Sagen wir mal, es gab ein paar sehr schöne Abende am Lagerfeuer«, erwiderte Giulia mit einem Augenzwinkern. Es schien mir, als würde sie nicht näher darauf eingehen wollen. »Aber es blieb bei einer Freundschaft. Ich habe den kleinen Buddha als Erinnerung an diese Reise gekauft. Er erinnert mich daran, dass ich die Ruhe und Gelassenheit, die ich in Nepal gefunden habe, auch hier in meinem normalen Leben finden kann.« »Das ist eine tolle Geschichte«, sagte ich, beeindruckt. »Ich kann mir vorstellen, wie inspirierend das gewesen sein muss.« »Das war es!«, bestätigte Giulia. »Manchmal muss man einfach etwas völlig Neues erleben, um zu erkennen, was einem wirklich wichtig ist.«

Giulia wirkte nachdenklich, als ob sie ihre eigenen Worte reflektierte. »Weißt du, am Ende ist mir wichtig, echte Verbindungen zu haben«, sagte sie schließlich. »Ich meine, in der Kommune wurde alles kontrolliert, Beziehungen, Gedanken, sogar Emotionen. Alles musste in diese perfekte Fassade passen. Aber wahre Verbindungen, die lassen sich nicht kontrollieren, die entstehen von selbst.« Ich nickte. »Echte Verbindungen ... Ja, das ist schwer zu finden.« »Und das ist es, was ich suche«, fuhr sie fort. »Menschen, mit denen man einfach sein kann, ohne ständig darüber nachzudenken, was richtig oder falsch ist. Freunde, bei denen du dich nicht verstellen musst, bei denen du dich sicher fühlst.« Sie lächelte, ein warmes, ehrliches Lächeln. »Ich denke, genau deshalb freut mich deine Gesellschaft heute Abend so. Auch wenn wir aus unterschiedlichen Generationen kommen, stehen wir doch beide an einem Punkt im Leben, an dem wir uns neu orientieren. Und es ist beruhigend zu wissen, dass man nicht allein ist.«

Ich spürte, wie ihre Worte mich berührten. Sie hatte recht. Wahre Verbindungen, das war genau das, wonach ich auch suchte. »Ich schätze es auch«, sagte ich. »Diese Ehrlichkeit, das Gefühl, sich gegenseitig zu verstehen ... Das ist etwas, was in der heutigen Zeit wirklich selten ist.« »Also«, sagte Giulia, ihre Augen leuchteten wieder auf, »vielleicht sollten wir uns darauf konzentrieren. Auf Verbindungen, auf Menschen, die uns wirklich wichtig sind. Das ist für mich der Schlüssel für das Geheimnis des Glücks.«

Die Sonne begann allmählich über den Horizont zu steigen, ihre ersten zarten Strahlen durch die Fenster zu werfen und das Wohnzimmer in ein warmes, goldenes Licht zu tauchen. Der Regen, der die ganze Nacht getröpfelt hatte, war abgeklungen und die Welt draußen schien langsam aufzuwachen.

Giulias Worte über wahre Verbindungen wirkten in mir nach. Ich blickte auf die Buddha-Statue, die jetzt in das weiche Morgenlicht getaucht war, und dachte über den kleinen Zufluchtsort nach, den ich hier gefunden hatte. Vielleicht war das Glück nicht so schwer zu finden, wenn man es in den einfachen Dingen suchte. Giulia hatte es auf den Punkt gebracht: Es ging um echte Verbindungen, um Menschen, mit denen man sich sicher und verstanden fühlte.

Ich beobachtete, wie Giulia das Notizbuch aufschlug und den Stift in die Hand nahm. Die Bewegung ihrer Hand wirkte fast feierlich, als würde sie eine wichtige Rechnung abschließen. Mit einem festen Strich unterstrich sie unsere bisherigen Erkenntnisse und schrieb darunter: Echte Verbindungen schaffen.

Ich sah zu, wie sie das tat, und spürte Dankbarkeit. Es war selten, jemanden zu treffen, der so offen und bereit war, sich auf andere einzulassen. Mir wurde klar, dass dieser Moment zwischen uns mehr als nur ein spontanes Treffen war.

Giulia blickte auf und sah mich an, und ich konnte nicht anders, als zu lächeln. »Das ist eine gute Erkenntnis«, sagte ich leise. Sie erwiderte mein Lächeln und wirkte zufrieden, als sie das Notizbuch wieder schloss.

KAPITEL 28

Das Experiment geht weiter

Draußen hörte man die Vögel zwitschern, als der Tag endgültig anbrach. Es war ein Moment der Ruhe und des Neuanfangs, als ob die Welt uns eine Chance gab, die Dinge neu zu betrachten und auf das zu fokussieren, was wirklich wichtig war.

Giulia stand auf und ging mit einem leichten Gang zur Glastür, die vom Wohnzimmer in den Garten führte. Als sie sie öffnete, wehte ein Schwall kühler Morgenluft herein und brachte den frischen Geruch von feuchtem Gras und erdiger Luft mit sich. In demselben Moment huschte eine rote Katze durch die Tür, geschmeidig und mit ihrer typischen Eleganz. Sie schnurrte leise und streifte um Giulias Beine, als ob sie nach einer freundlichen Begrüßung suchte. Ich konnte mir ein Grinsen nicht verkneifen. »Na, scheint so, als hätte auch sie die Nacht durchgemacht«, sagte ich. »War wahrscheinlich auf einer geheimen Mission.« Giulia lachte und hob die Katze auf, streichelte ihr sanft über das Fell. »Fanny ist immer auf geheimen Missionen«, erwiderte sie mit einem Augenzwinkern.

Die Katze schien mich zu mögen, denn sie kam schnurrend auf mich zu und sprang auf meinen Schoß. Ich streichelte sie und spürte, wie sich ihre Wärme langsam auf mich übertrug. Ihre sanften Bewegungen und das beruhigende Schnurren unterstützten mein Gefühl der Entspannung. Der Moment fühlte sich besonders an – ein kleines Stückchen Frieden, das uns erlaubte, einfach zu sein. Giulia lächelte verschmitzt und schlug vor: »Wie wäre es, wenn wir einen echten italienischen Kaffee genießen? Ich habe meine Siebträgermaschine aus Bologna mitgebracht, und es ist mein Hobby, perfekten Espresso zu machen.« Begeistert von der Idee bot ich meine Hilfe an, aber Giulia winkte ab und sagte: »Ich habe das im Griff.« Sie verschwand in ihre Küche, um alles vorzubereiten.

Während Giulia geschäftig damit war, die Maschine vorzubereiten, beobachtete ich sie bewundernd. Ihre Leidenschaft für guten Kaffee war offensichtlich, und ich spürte, wie sich die Vorfreude auf den perfekten Espresso in mir regte.

Schließlich war alles bereit, und Giulia schenkte zwei dampfende Tassen Espressi ein. Der köstliche Duft von frisch gemahlenem Kaffee erfüllte den Raum und umhüllte uns mit einer warmen, verlockenden Aura. Die Tassen hatten ein elegantes Design, mit einer glänzenden, schwarzen Oberfläche und einer feinen goldenen Verzierung entlang des Rands. Sie erinnerten mich an die Tassen, die ich in einem authentischen italienischen Café gesehen hatte, und ließen mich sofort an »La dolce Vita« denken. Ich hob die Tasse an meine Lippen und kostete den kräftigen Geschmack des italienischen Espressos. Es war köstlich, perfekt gekocht und genau das, was ich gebraucht hatte.

Ich erinnerte mich daran, wie Giulia mich mit einer Kaffeebohne verglichen hatte und musste schmunzeln. Die Erinnerung an dieses Gespräch verlieh dem Augenblick eine zusätzliche Bedeutung, während ich den warmen Espresso genoss. Es war ein Moment der Selbstreflexion, der mich daran erinnerte, dass ich mehr war als meine Ängste und Sorgen. Ich war stark und widerstandsfähig wie eine Kaffeebohne, die unter Druck ihren wahren Charakter offenbarte. Giulia lächelte zufrieden, als sie sah, wie sehr ich den Kaffee genoss. Es war ein einfacher Moment des Zusammenseins, aber er bedeutete uns beiden viel.

Nachdem wir uns gestärkt hatten, beschlossen Giulia und ich, die Erkenntnisse der Nacht noch einmal zusammenzufassen. Ich lehnte mich in das rote Sofa zurück, das uns die ganze Nacht so treu begleitet hatte und begann, meine Gedanken zu ordnen.

»Also«, begann ich, »was haben wir gelernt?« und trank noch den letzten Schluck meines köstlichen Espressos. Giulia lehnte sich zurück und überlegte einen Moment. »Wir haben über echte Verbindungen gesprochen, über das Gefühl, sich sicher und verstanden zu fühlen. Das ist wirklich wichtig, nicht wahr?« Ich nickte. »Ja, definitiv. Und wir haben auch darüber gesprochen, wie wichtig es ist, einfach zu sein und an nichts zu denken. Diese Momente des reinen Seins können so befreiend sein.«

Giulia nickte. »Absolut. Und dann war da noch die Sache mit dem Fokus, sich daran zu erinnern, warum man überhaupt einen Weg sucht und was einen glücklich macht.«

»Ja, das war auch ein wichtiger Punkt«, sagte ich. »Es ist leicht, im Alltagstrubel den Sinn aus den Augen zu verlieren. Aber wenn man sich auf das konzentriert, was wirklich wichtig ist, kann man klarer sehen.«

Wir ließen einen Moment der Stille zwischen uns entstehen, als die Gedanken und Erkenntnisse der letzten Stunden in unseren Köpfen nachhallten.

Nach einer Weile griff Giulia mit einer bedächtigen Bewegung zum Notizheft auf dem Couchtisch. Mit einem fast feierlichen Ausdruck im Gesicht öffnete sie es und ließ ihre Finger über die beschriebenen Seiten gleiten, als ob sie die Worte nochmals auf sich wirken lassen wollte. Dann lehnte sie sich entspannt zurück, nahm einen tiefen Atemzug und begann, unsere handschriftlichen Notizen laut vorzulesen. Ihre Stimme war ruhig, beinahe andächtig und füllte den Raum mit einer neuen Klarheit und Entschlossenheit.

»Das erste Geheimnis des Glücks – niemals aufgeben. Offen sein für Veränderungen – die Bereitschaft, sich selbst zu entdecken und neue Wege zu gehen. Sich selbst verzeihen und Geduld haben, wenn die Dinge nicht sofort perfekt sind. Lachen und blöde Scherze machen. Nicht alles so ernst nehmen. Lachen und Lieben sind die

schönsten Gaben der Menschen. Die Perspektive wechseln und die Stärke in unseren Schwächen finden. Den Mut finden, für sich selbst einzustehen, auch wenn es unbequem ist. Fokus ist etwas, das man mit Geduld und Übung trainieren kann. Nur sein und an nichts denken. Echte Verbindungen schaffen.«

Dann lächelte Giulia und sagte: »Ich denke, wir haben heute Morgen eine gute Grundlage gelegt, um unseren Weg zu finden. Es wird nicht einfach sein, aber wir haben die Werkzeuge, um es zu schaffen.« »Ja, das denke ich auch«, lächelte ich zurück. »Und wir haben uns ja auch noch gegenseitig, um uns auf diesem Weg zu unterstützen.« Giulia nickte. »Genau. Zusammen können wir alles schaffen.« Ich musste noch was Wichtiges ergänzen: »Und während wir uns auf diesen ernsthaften Weg machen, um unser Glück zu finden, dürfen wir unseren Humor nicht vergessen. Es ist beruhigend zu wissen, dass wir das Leben nicht zu ernst nehmen müssen und dass wir auch über unsere kleinen Missgeschicke lachen können, selbst in den schwierigsten Momenten unseres Lebens.« »Da, stimme ich dir vollkommen zu«, antwortete Giulia mit einem warmen Lächeln. »Humor ist wirklich wichtig. Er bringt Leichtigkeit in unser Leben und hilft uns, auch die schwierigsten Situationen zu überstehen.« »Genau!« Ich spürte, wie sich eine neue Welle der Zuversicht in mir ausbreitete. »Solange wir zusammenhalten und mit einem Lächeln durchs Leben gehen, können wir alles meistern.« Giulia nickte. »Auf Lachen, Liebe und den Mut, den Weg zu gehen, der uns glücklich macht.« Ich lächelte und hob meine Tasse in einem stillen Toast. »Auf Lachen, Liebe und den Mut zum Neuanfang.«

Gerade als ich mit dem kleinen Löffel noch den letzten Rest des Espressos aus der Tasse kratzte, blickte Giulia plötzlich auf. »Weißt du, was wir als Nächstes tun sollten?« Meine Freundin klang aufgeregt, fast verschwörerisch. Ich setzte die Tasse ab und sah sie neugierig an. »Was meinst du?« Giulia lehnte sich vor, ihre Augen funkelten. »Es ist Zeit, den nächsten Schritt in unserem Experiment zu machen. Aber diesmal ... machen wir es anders.« Ich spürte, wie mein Herzschlag schneller wurde. »Anders?« Sie nickte entschlossen. »Ja. Wir brauchen einen echten Plan, aber nicht nur das. Es ist Zeit, einen Schritt zu machen und das Experiment auf die nächste Ebene zu heben.« »Und was genau hast du im Sinn?«, fragte ich, jetzt vollkommen aufmerksam.

Ihre Worte ließen eine Mischung aus Nervosität und Aufregung in mir aufsteigen. Was immer sie geplant hatte, es würde unser Experiment in eine neue, unbekannte Richtung lenken.

KAPITEL 29

Aus der Komfortzone

Giulia überlegte einen Moment, bevor sie sprach: »Ich denke, wir sollten unsere neuen Erkenntnisse im Alltag anwenden. Aber nicht nur das – wir müssen uns bewusst herausfordern und aus unserer Komfortzone treten. Wie wäre es, wenn wir neue Hobbys ausprobieren, die uns ein wenig nervös machen?«

Ich spürte, wie mein Herz schneller schlug. »Das klingt spannend. Vielleicht könnten wir mit etwas anfangen, das uns körperlich und mental fordert wie Klettersteigtouren oder Wildwasser-Rafting. Das wäre eine ganz neue Art, uns selbst kennenzulernen und zu sehen, wie wir unter Druck reagieren.« Giulia nickte, ihre Augen leuchteten vor Aufregung. »Ja, und zusätzlich könnten wir einen ›Geduldszähler‹ für den Alltag einführen. Eine Art persönliches Experiment, bei dem wir unsere Geduld in verschiedenen Situationen messen und beobachten, wie wir uns entwickeln. Wir könnten uns dafür Punkte geben, wenn wir ruhig bleiben und nicht aus der Haut fahren.«

»Das ist eine großartige Idee«, stimmte ich begeistert zu. »Es wird interessant zu sehen, wie wir mit diesen neuen Herausforderungen umgehen. Und natürlich müssen wir uns regelmäßig treffen, um unsere Fortschritte zu überprüfen und die Variablen des Experiments anzupassen.«

Giulia lachte und fügte hinzu: »Vielleicht führen wir sogar ein gemeinsames Logbuch, in dem wir alles festhalten – unsere Erfahrungen beim Klettern, wie oft der Geduldszähler am Tag hochgeht und welche Erkenntnisse wir daraus ziehen.«

»Und wir könnten dafür auch einen geheimen Code verwenden«, schlug ich vor und zwinkerte ihr zu. »Zum Beispiel: ›Raketenstart 1‹ für einen besonders mutigen Schritt wie Canyoning.« Giulia grinste. »Oder ›Kängurusprung 3‹ für drei spontane Entscheidungen, die uns aus unserer Komfortzone bringen.« »Perfekt!« Ich lachte. »Und wie wäre es mit ›Gummiband 4‹ für Momente, in denen wir flexibel geblieben sind, obwohl alles anders lief als geplant?« »Das klingt großartig«, sagte Giulia begeistert. »So können wir unsere Fortschritte spielerisch messen und uns gegenseitig motivieren.« »Es wird das beste wissenschaftliche Experiment seit der Erfindung des Espressos«, sagte ich mit einem breiten Grinsen.

Während wir unsere Pläne schmiedeten, fiel mein Blick durch das Fenster in den Garten, wo die Sonne langsam höher stieg. Ein Moment der Stille trat ein, und die Realität, die uns draußen erwartete, kehrte in mein Bewusstsein zurück. Plötzlich fühlte ich das Gewicht meiner Entscheidungen wieder auf meinen Schultern lasten.

Ein Schatten legte sich über meine Aufbruchsstimmung, als ich an Werner und die Kinder dachte. Die Vorstellung, ihn endgültig zu verlassen, machte mir plötzlich Angst und ließ meinen Mut schwinden. War ich wirklich bereit, den nächsten Schritt zu gehen, wenn es bedeutete, meine Kinder ohne den Zusammenhalt der Familie aufwachsen zu lassen?

Giulia bemerkte meine plötzliche Stille und legte sanft eine Hand auf meine Schulter. »Alles in Ordnung?«, fragte sie besorgt. Ich zwang mich zu lächeln, obwohl meine Gedanken wieder einmal umherwirbelten. »Ja, alles gut«, murmelte ich, aber ich wusste, dass meine Worte hohl klangen. »Giulia, ich mache mir wirklich Sorgen darüber, wie sich das auf meine Kinder auswirken wird, wenn ich Werner endgültig den Laufpass gebe.« Giulia sah mich verständnisvoll an. »Es ist okay, Zweifel zu haben«, sagte sie leise. »Aber denke daran, dass es für deine Kinder vielleicht sogar besser ist, in einer Umgebung aufzuwachsen, die frei von Spannungen und Unglück ist. Sie verdienen ein glückliches Zuhause, Charlotte.«

Ihre Worte beruhigten mich ein wenig, aber der Gedanke an den bevorstehenden Abschied ließ mein Herz schwer werden. Würde ich wirklich den Mut finden, den nächsten Schritt zu gehen, wenn es darauf ankam?

Plötzlich erinnerte ich mich an meine Mutter. Vor vielen Jahren hatte sie eine ähnliche Entscheidung getroffen, als sie meinen Vater verlassen hatte, um sich um ihr Glück zu kümmern. War ich wie meine Mutter? War ich bereit, nur um meinen eigenen Weg zu gehen, alles hinter mir zu lassen? In all den Jahren hatte ich mich darauf konzentriert, nicht wie sie zu sein, aber jetzt, da ich vor einer ähnlichen Entscheidung stand, fühlte ich mich unsicher.

Es war eine schwierige Erkenntnis, dass ich vielleicht mehr meiner Mutter ähnelte, als ich zugeben wollte. Aber vielleicht lag gerade darin die Stärke – in der Fähigkeit, loszulassen und den Mut zu haben, den eigenen Weg zu gehen, auch wenn er ungewiss war. Begann ich vielleicht jetzt erst auch sie zu verstehen und ihr zu verzeihen?

KAPITEL 30

Entscheidungen

Ich starrte gedankenverloren aus dem Fenster, während ich auch über die Zukunft des Hauses meines Vaters nachdachte. Mein Bruder lebte in Kenia und hatte kein Interesse am Haus, also schien der Verkauf die logische Wahl zu sein. Doch wollte ich das wirklich? Ich erinnerte mich an die schönen Zeiten mit meinem Vater zurück, an die glücklichen Momente, als die Kinder durch seinen geheimnisvollen Kräutergarten tobten. Der Gedanke, dieses Haus aufzugeben, fühlte sich wie ein endgültiger Abschied von meinem Vater an, und das fiel mir schwer.

»Ich muss dich etwas fragen, Giulia«, begann ich zögerlich. »Was denkst du über das Haus meines Vaters? Sollte ich es verkaufen oder behalten?« Giulia sah mich nachdenklich an, bevor sie antwortete. »Das ist eine schwierige Entscheidung, Charlotte. Es kommt darauf an, was für dich und deine Familie das Beste ist. Hast du eine emotionale Bindung an das Haus? Gibt es Erinnerungen, die du bewahren möchtest?« Ich nickte langsam, während ich über ihre Worte nachdachte. »Ja, es gibt da viele Erinnerungen. Aber andererseits ist es auch eine Verantwortung, das Haus zu pflegen und zu unterhalten.« Meine Freundin nickte verständnisvoll. »Es ist wichtig, auf dein Herz zu hören, Charlotte. Wenn du das Gefühl hast, dass das Haus ein wichtiger Teil deines Lebens und deiner Erinnerungen ist, dann solltest du es vielleicht behalten. Aber wenn es dir mehr Belastung als Freude bereitet, dann könnte der Verkauf die bessere Option sein.«

Ihre Worte berührten mich, und ich fühlte mich erleichtert, dass ich mit Giulia darüber sprechen konnte. Es war ein schwieriges Thema, aber es half, es auszusprechen und eine andere Perspektive zu hören. »Ich erinnere mich noch daran, wie ich als Kind immer davon träumte, als Erwachsene in diesem Haus zu leben und genau wie Papa Kräuter zu ziehen«, gestand ich Giulia. »Er war so achtsam und fürsorglich im Umgang mit den Pflanzen. Es war immer etwas Magisches daran, ihm dabei zuzusehen.« Giulia lächelte einfühlsam. »Es klingt nach wundervollen Erinnerungen, Charlotte.« »Ja, das sind sie wirklich«, stimmte ich zu. »Aber für Werner war es immer klar, dass er in der Wiener Innenstadt leben wollte. Sein Leben musste etwas Repräsentatives haben, weißt du? Eine schicke Dachterrassenwohnung, eine elegante Frau an seiner Seite und natürlich Kinder mit exotischen japanischen Namen«, fügte ich mit einem Schmunzeln hinzu. Giulia lachte. »Ja, das kann ich mir gut vorstellen. Aber du, Charlotte, hast anscheinend immer die Schönheit und Ruhe des Landlebens bevorzugt, nicht wahr?« Ich nickte nachdenklich. »Ja, irgendwie schon. Ich habe immer diese Verbindung zur Natur geliebt, die mein Vater so sehr schätzte. Es wäre schwer, sich von all dem zu trennen.«

Plötzlich überkam mich eine tiefe Traurigkeit. Ich musste an Mädi denken, Papas treue Hündin. »Giulia, was denkst du darüber?«, fragte ich schließlich. »Was soll ich mit Mädi, Papas Hündin, tun? Die beiden waren ein unzertrennliches Team. Mädi begleitete meinen Papa stets auf seinen Streifzügen durch die benachbarten Wälder. Es hat mir das Herz gebrochen, als ich sie ins Tierheim bringen musste. Ich weiß bis heute keine Lösung. In unserer Wohnung sind Haustiere nicht erlaubt. Die Kinder vermissen sie so sehr, und ehrlich gesagt, ich vermisse sie auch.« Giulia sprach nachdenklich, als würde sie in ihren eigenen Erinnerungen nach Antworten suchen: »Ich möchte meine Augen für neue Momente öffnen und die Welt mit all ihren Möglichkeiten sehen, statt nur das zu erkennen, was nicht geht.« Diese Worte kamen mir sofort vertraut vor.

Plötzlich fiel es mir ein – dieser Gedanke war ein ständiger Begleiter in den Gesprächen mit meinem Vater, ein Mantra seiner Lebensphilosophie. Giulias Stimme klang weise und einfühlsam, als würde sie direkt aus dem Herzen meines Vaters sprechen.

Während ich dieses Gefühl der Entschlossenheit spürte, wurde mir klar, dass die Entscheidung, die vor mir lag, mehr war als eine reine Kopfsache. Mein Vater hatte mir durch sein Leben und seine Philosophie eine wichtige Lektion erteilt: Mut und Hoffnung in Zeiten des Zweifels. Das Gefühl, das mich jetzt durchströmte, fühlte sich an wie eine direkte Verbindung zu seiner Weisheit, die mir half, meine Ängste zu überwinden. Der Gedanke, dass ich vor seiner Haustür zusammengebrochen war, erschien mir nun wie ein Zeichen. Es war, als hätte das Schicksal mich zu Giulia geführt. Diese Erkenntnis gab mir den Mut, den nächsten Schritt zu wagen und die noch offenen Fragen zu klären.

Ich atmete tief durch und ließ meine letzten Zweifel und Ängste los. Als ich aufstand, fühlte ich mich von einem tiefen Glücksgefühl erfüllt. Mit jedem Moment wuchs die Gewissheit, dass alles gut werden würde, egal was noch kam.

Giulia stand ebenfalls auf, ihre Augen strahlten vor ruhiger Entschlossenheit. Bevor ich es richtig realisierte, umarmten wir uns fest. Es war ein Moment voller Verbundenheit und Verständnis. Ich sprach ein leises »Danke«. Es war Dankbarkeit für Giulias Unterstützung, für ihre Weisheit, für ihre einfühlsame Präsenz. Es war Dankbarkeit dafür, dass das Schicksal uns zusammengeführt hatte, genau in dem Moment, als ich es am dringendsten brauchte.

Unsere freundschaftliche Umarmung wurde von einem lauten Protestmiauen unterbrochen, das von dem roten Sofa zu kommen schien. Ich konnte mir ein Lachen nicht verkneifen, als ich sah, wie Giulias Katze, die sich in der Zwischenzeit auf dem Sofa niedergelassen hatte, verärgert aufsprang und mit einem theatralischen Zischen durch die Katzenklappe nach draußen lief. Giulia lachte herzlich, als sie der Katze nachblickte. »Oh oh, scheint, als hätten wir die Königin der Couch gestört«, bemerkte sie mit einem breiten Grinsen. Ich konnte mein Lachen nicht zurückhalten. »Ja, es sieht so aus, als hätten wir uns in Fannys Königreich gewagt und sie aufgeschreckt. Hoffentlich kommt sie wieder zurück, um uns zu vergeben.«

Die Szene war wie eine kleine Comedy-Show. Giulias Katze hatte anscheinend beschlossen, uns daran zu erinnern, dass das Leben auch voller komischer Zwischenfälle sein kann, selbst in den ernsthaftesten Momenten.

Als sich das Gelächter langsam legte, kehrte eine ruhige Stimmung zurück ins Wohnzimmer. Giulia sah mich nachdenklich an, und ich spürte, dass sie etwas auf dem Herzen hatte. »Charlotte, es gibt etwas, das ich dir noch erzählen muss«, begann sie zögernd. »Etwas, das vielleicht erklärt, warum ich manchmal so mysteriös wirke.«

KAPITEL 31

Das Geheimnis

Mit einem schelmischen Grinsen zwinkerte ich Giulia zu. »Lass mich raten«, sagte ich scherzhaft. »Du bist eine Geheimagentin, die sich als Nachbarin tarnt, um die Welt vor Kaffeekrisen zu retten, richtig?« Giulia lächelte verschmitzt. »Nun, vielleicht hätte ich es erwähnen sollen, aber ich bin eigentlich eine geheime Millionärin, die als Hobby arme Seelen rettet, indem sie ihnen eine perfekte Tasse Espresso serviert.«

Ich spürte, dass hinter ihrem Scherz mehr steckte als nur ein Spaß, wollte aber nicht direkt darauf eingehen. Stattdessen fragte ich grinsend: »Oh, eine geheime Millionärin also? Und wie viele arme Seelen hast du schon gerettet?« Giulia lächelte, aber mit einer Spur von Ernst. »Ein paar Millionen – aber wer zählt schon genau?« Ich konnte spüren, dass hinter ihren Worten mehr steckte.

Eine leichte Unruhe stieg in mir auf. War da vielleicht doch mehr Wahrheit hinter ihrem Scherz, als ich gedacht hatte? Eine Geheimagentin mit einem Millionenvermögen – das klang irgendwie zu verrückt, um wahr zu sein. Doch dann erinnerte ich mich an Giulias Geschichten über die Rettung ihrer Eltern aus den Fängen »Il Capos«, die Zerschlagung der Sekten und dann auch ihre Abenteuer in Nepal mit ihren geheimnisvollen Trekkingtouren. Plötzlich sah ich alles in einem anderen Licht. Um meine Bedenken zu überspielen, machte ich einen Witz, meine Spezialität: »Na, dann bist du ja sozusagen eine geheime Millionärin, die ihre Milliönchen im Schrank versteckt!« Ich lachte, aber innerlich spürte ich noch immer eine leichte Unruhe. Giulias beruhigendes Kopfschütteln und das sanfte Lächeln ließen meine Sorgen etwas nachlassen. Doch bevor sie ihr Geheimnis lüftete, wollte sie anscheinend die Spannung noch ein wenig erhöhen. Mit einem geheimnisvollen Lächeln verschwand sie kurz in die Küche und kehrte mit zwei Gläsern frisch gepresstem Orangensaft zurück.

»Ein letzter Schluck Spannung, bevor ich dir alles erzähle«, sagte sie mit einem Augenzwinkern, als sie die Gläser auf den Couchtisch stellte. Die orangefarbene Flüssigkeit schimmerte verlockend im Licht der Morgensonne, und meine Neugierde stieg mit jedem Moment. »Okay, okay, du hast mich neugierig gemacht«, sagte ich, die das Geheimnis kaum erwarten konnte. Giulia lächelte geheimnisvoll, als sie begann zu erzählen.

»Weißt du, Charlotte, ich habe in den letzten Jahren viel Zeit damit verbracht, meine Erlebnisse der Kindheit in der

Kommune und meine Erfahrungen im Kloster zu verarbeiten. Und vor einigen Jahren habe ich beschlossen, all das aufzuschreiben.« Meine Neugier stieg, während Giulia fortfuhr. »Es war eine Herausforderung, all diese Erinnerungen in Worte zu fassen«, sagte sie. »Aber es war auch befreiend. Die Möglichkeit, meine Geschichte zu teilen, hat mir eine neue Perspektive auf mein Leben gegeben.«

Giulia sprach mit einer Mischung aus Aufregung, Stolz und Nervosität. »Das Schreiben war mein Ventil, um meine aufgestauten Gefühle loszuwerden. Natürlich habe ich andere Figuren und Namen verwendet.« Ihre Augen wurden feucht, als sie sprach. »Die Romane halfen mir, die Dinge aus einer anderen Perspektive zu sehen und ein wenig mit der Vergangenheit abzuschließen«, fügte sie hinzu. Giulia setzte ihre Erzählung fort: »Weißt du, ich hatte keine Ahnung, wie sehr meine Geschichten einschlagen würden. Plötzlich bekam ich große Aufmerksamkeit – Rezensionen, Interviews, Leserbriefe. Es war überwältigend. Und ehrlich gesagt, wusste ich nicht einmal, ob ich das wirklich wollte. Ich hatte nicht so weit gedacht.« Ihre Augen leuchteten, während sie sprach, aber ich konnte auch ihre Unsicherheit erkennen. »Es war nie mein Ziel, berühmt zu werden oder im Rampenlicht zu stehen. Ich wollte einfach nur dieses Kapitel meines Lebens abschließen und all die aufgestauten Gefühle loswerden.« Ich nickte verständnisvoll und sagte: »Es muss eine seltsame Mischung aus Erleichterung und Belastung gewesen sein.«

Auch wenn ich nicht wirklich wusste, wie es war, berühmt zu sein – mein Leben war davon weit entfernt.

»Ja, genau«, antwortete Giulia. »Es war einerseits befreiend, meine Geschichte zu erzählen und sie von meiner Brust zu bekommen. Aber gleichzeitig war es auch eine große Herausforderung, mit der plötzlichen Bekanntheit umzugehen. Ich fühlte mich oft hin- und hergerissen zwischen dem Wunsch, meine Privatsphäre zu schützen, und der Verpflichtung, die Öffentlichkeit zu bedienen.«

Ich konnte meine Neugierde nicht länger zurückhalten. Ein Roman, der so berühmt ist, und ich soll ihn nicht kennen? Das schien unmöglich. »Giulia«, begann ich vorsichtig, »du weißt vielleicht, dass ich Bücher liebe. Bestseller sind mir eigentlich nie entgangen. Aber ... ist es okay, wenn ich frage, unter welchem Namen du deine Romane veröffentlicht hast?« Giulia lächelte leicht, als ob sie meine Neugierde und zugleich meine Zurückhaltung verstand. »Charlotte, du darfst mich alles fragen. Ich habe das Buch unter dem Namen geschrieben, den ich damals angenommen habe, um meine Familie zu schützen. Der Name ist Elisa Moretti.« Mein Herz machte einen Sprung. Elisa Moretti! Das war ein Name, der mir nur allzu bekannt war. »Elisa Moretti? Das ist dein Pseudonym?«, fragte ich erstaunt. »Ich habe all ihre Bücher gelesen! Deine Bücher!« Giulia nickte und ihre Augen funkelten vor Freude. »Ja, das bin ich. Ich bin Elisa Moretti.«

Die Erkenntnis traf mich wie ein Blitz. All die bewegenden Geschichten, die ich verschlungen hatte, waren aus der Feder meiner Freundin Giulia entstanden. »Ich kann es kaum glauben«, sagte ich und spürte, wie mein Herz vor Aufregung schneller schlug. »Du bist eine meiner Lieblingsautorinnen! Deine Bücher haben mich so oft getröstet und inspiriert.« Giulia lächelte, diesmal breiter und voller Wärme. »Es freut mich zu hören, dass meine Geschichten dir etwas geben konnten.« In diesem Moment fühlte ich mich nicht nur als Freundin, sondern auch als Fan unglaublich geehrt. Doch eine Frage nagte immer noch an mir. »Aber warum hast du es bisher nicht erwähnt?« Meine Freundin zuckte mit den Schultern und lächelte verlegen. »Es ist nicht leicht, über sich selbst zu sprechen, wenn man so lange versucht hat, im Hintergrund zu bleiben. Aber jetzt, wo wir uns so gut kennen, wollte ich dir mein Geheimnis anvertrauen.« Ich nickte verständnisvoll und griff nach meinem Orangensaft. »Danke, dass du es mir erzählt hast. Es bedeutet mir wirklich viel.«

Gedanken an meinen Vater schossen mir durch den Kopf, wie er wahrscheinlich dieses Geheimnis gekannt hatte, ohne mir davon zu erzählen. Vielleicht wusste er, dass Giulia und ich uns eines Tages begegnen würden und dass daraus eine wunderbare Freundschaft entstehen könnte. Ein warmes Gefühl durchströmte mich bei dem Gedanken an ihn. Ich musste über seinen verschmitzten Charme lächeln.

Ich konnte es kaum glauben. Diese Nacht, die schon zum Morgen geworden war, brachte noch solche Überraschungen.

Als ich aus dem großen Fenster schaute, sah ich die ersten Sonnenstrahlen den Garten erleuchten. Es fühlte sich an, als würde das Licht neue Möglichkeiten und Einsichten bringen.

»Elisa Moretti ...«, murmelte ich immer noch fassungslos, »Ich hätte nie gedacht, dass ich die Autorin meiner Lieblingsbücher kennenlernen würde, und dann auch noch als meine beste Freundin.« Giulia lachte leise. »Es ist schon verrückt, wie das Leben manchmal spielt, oder?« »Mehr als verrückt«, stimmte ich zu.

Ich lächelte, als die Sonnenstrahlen durch das Fenster fielen und den Raum in ein warmes Licht tauchten. Ein neuer Tag begann!

KAPITEL 32

Ein Hauch von Paris

Das sanfte Licht, das durch die Vorhänge fiel, zeigte, dass die Zeit unaufhaltsam voranschritt. Während ich noch die Gemütlichkeit von Giulias Pyjama spürte, wusste ich aber auch, dass ich den Tag erst beginnen konnte, wenn ich Giulia alles über mich erzählt hatte. Es war eine Geschichte, die ich seit Monaten vor mir herschob. Aber wenn ich die Werkzeuge unseres Experiments anwenden wollte, musste ich dort anfangen, wo es am meisten wehtat.

Mein Herz klopfte, als ich flüsterte: »Giulia. Es gibt da noch etwas, das ich dir erzählen möchte.« Ich spürte, wie sich ein nervöses Kribbeln in meinem Magen ausbreitete. Der Moment war gekommen, auch mein Geheimnis zu teilen.

Giulia sah mich neugierig an. »Hat es etwas mit der französischen Sprache zu tun?« »Ja, irgendwie schon«, antwortete ich schüchtern und starrte auf den Boden, als könnte ich dort die richtigen Worte finden. Giulia bemerkte meine Unsicherheit. Sie stand auf und ging in die Küche. Kurz darauf kam sie mit einer Karaffe Wasser zurück. »Hier, ein wenig Wiener

Hochquellwasser«, sagte sie lächelnd und reichte mir ein Glas. »Das wird dir helfen.« Dankbar nahm ich einen Schluck. Das Wasser war beruhigend. »Es war letzte Weihnachten …«

Ich versuchte mich auf den Anfang meiner Geschichte zu konzentrieren: »Akemi und Tamara wollten unbedingt ihren Papa in Las Vegas besuchen. Sie lieben Ocean's 11 und hatten diese romantische Vorstellung von Vegas – die Lichter, die Casinos, der ganze Glamour. Anfangs war ich natürlich nicht begeistert. Ich meine, Weihnachten in Las Vegas? Aber dann sah ich auch eine Chance, herauszufinden, was eigentlich zwischen Werner und seinem ›Cowgirl‹ los war, also eigentlich heißt sie Joy.« Zum ersten Mal kam mir ›Cowgirl‹, wie ich sie für mich gerne nannte, unpassend vor. Ich schüttelte meinen Kopf, um meine abwertenden Gedanken loszuwerden.

»Also, ja, Weihnachtsferien in Las Vegas«, sagte ich. »Klingt wie der Titel eines schrägen Films, oder? Aber es bot mir eine Möglichkeit, die Sache mit Werner und Joy zu klären. Vielleicht hat er ihr anfangs nicht gesagt, dass er verheiratet ist und Kinder hat. Und dann kam die große Überraschung.« Meine Freundin schmunzelte und ich fühlte mich ein wenig ermutigt und erzählte weiter: »Es ist leicht, über andere zu urteilen, ohne die ganze Geschichte zu kennen. Vielleicht war ich nicht fair, sie als ›Cowgirl‹ zu bezeichnen. Vielleicht ist sie einfach auch nur eine Frau, die versucht, ihr Leben auf die Reihe zu bekommen.« Giulia neigte leicht den Kopf, als Zeichen ihrer Zustimmung.

Ich fuhr fort. »Also, ich ließ die Kinder am 26. Dezember alleine fliegen. Sie waren aufgeregt und glücklich zugleich, und ich versuchte, das Beste daraus zu machen, obwohl ich innerlich zerrissen war. Ich wusste, dass sie eine tolle Zeit haben könnten, aber ich hatte auch Angst vor dem, was sie vielleicht entdecken würden.«

Giulia nickte verständnisvoll. »Es muss schwer gewesen sein, sie loszulassen und nicht zu wissen, was passieren würde.« »Ja, das war es«, antwortete ich. »Insgeheim hoffte ich auch, Antworten zu finden. Was war zwischen Werner und Joy wirklich los? Wie würden die Kinder reagieren, wenn sie sie trafen? Es war eine Mischung aus Angst und Hoffnung.« Nachdenklich fügte ich leise hinzu, eher zu mir selbst: »Vielleicht hat gerade der Besuch der Kinder Werner daran erinnert, dass er zu Hause eine Familie hat und ihn bewegt, zurückzukommen?« »Und wie war es für dich, hier zu bleiben und zu warten?«, fragte Giulia. Ich schüttelte den Kopf. »Ich blieb nicht in Wien. Ich hatte zwar vor, Silvester mit meinem Papa und Mädi zu verbringen. Ich wollte diesen Abend mit ihm genießen. Aber er hatte andere Pläne für mich.«

Ich konnte mir ein Lächeln nicht verkneifen, als ich versuchte in meiner Erzählung eine gewisse Spannung aufzubauen. Giulia trommelte leicht mit den Fingern auf die Armlehne des Sofas und schaute mich ungeduldig an. »Nun erzähl schon, Charlotte! Du machst es echt spannend, weißt du das?« »Ja, das weiß ich«, antwortete ich schelmisch.

»Mein Papa hatte ein Nachtzugticket nach Paris für mich

gekauft. Er wusste, dass ich schon immer Französisch lernen wollte. Er hielt sowieso nicht viel von Silvesterabenden und wollte, dass ich endlich wieder etwas Positives erlebe nach dem ganzen Drama mit Werner und meinem neuen Job, der auch nicht gut lief.« »Paris? Wow, das ist unglaublich«, sagte Giulia leise. »Er wollte wirklich, dass du glücklich wirst.« »Ja«, sagte ich, und meine Augen füllten sich mit Tränen. »Er wusste, dass ich eine Veränderung brauchte. Und er gab mir den nötigen Schubs.« »Anfangs war ich skeptisch«, erzählte ich weiter, »aber ich kannte meinen Papa. Er würde nicht lockerlassen, bis ich zugestimmt hätte. Also buchte ich ein Zimmer in einem Studentenheim nahe der Sprachschule Alliance Française im 6. Arrondissement.« »Wie war es dort?«, fragte Giulia neugierig. »Es war … interessant«, sagte ich mit einem Lächeln. »Das Studentenheim war lebendig und voller junger Leute aus aller Welt. Die Alliance Française selbst war beeindruckend, mit einer großartigen Mischung aus kulturellen Aktivitäten und intensiven Sprachkursen. Jeden Morgen bin ich durch die Straßen von Saint-Germain-des-Prés zur Schule spaziert und habe den Charme der Stadt in mich aufgesogen.« »Das klingt wirklich magisch«, sagte meine Freundin und ihre Augen funkelten vor Begeisterung. »Ja und es war, als würde ich in eine andere Welt eintauchen.«

Ich wurde rot und stockte kurz in meiner Erzählung. Um meine Gedanken zu ordnen, nahm ich einen Schluck Wasser. Giulia beugte sich vor, ihre Augen blitzten vor Neugier. »Was denn? Jetzt mach's nicht so spannend!« »Nun«, begann ich zögernd, »es war nicht nur der Sprachkurs und die Stadt, die mich faszinierten.« Ich hielt inne, spürte, wie mein Herz schneller schlug. »Da war dieser Mann ...« Giulia hob eine Augenbraue. »Ein Mann, sagst du?« »Es war am dritten Tag meines Französischkurses, an dem der Ersatzlehrer in unsere Klasse kam«, begann ich und konnte mir ein Lächeln nicht verkneifen. »Er hieß Antoine und ich schwöre, er hatte dieses charmante Lächeln, das die ganze Klasse zum Schmelzen brachte.« »Also, du warst von diesem Antoine wirklich beeindruckt, was?«, bemerkte Giulia und schüttelte den Kopf. »Beeindruckt ist sogar milde ausgedrückt. Es war vom ersten Augenblick eine magische Anziehung da«, gestand ich und spürte, wie mir wieder die Röte ins Gesicht stieg. »Amore a prima vista«, lächelte meine italienische Freundin. »Genau! Le coup de foudre!" Wir konnten nicht anders, als beide herzlich zu lachen. Das Leben hat doch wirklich immer wieder Überraschungen für uns übrig.

»Er war groß und schlank, mit faszinierenden grünen Augen. Ich saß am Rand des Klassezimmers und konnte einfach nicht aufhören, sein Profil zu bewundern. Es hatte etwas Freundliches und gleichzeitig unglaublich Attraktives.« »Und dann?«, fragte Giulia mit einem Lächeln. »Nun, in der Pause beobachtete ich ihn, wie er sich an der Heizung aufwärmte. Offenbar hatte ich ihn so angestarrt, dass er auf mich aufmerksam wurde und mich ansprach.« Ich machte eine kurze Pause, und der Moment war so präsent, dass ich die Schmetterlinge wieder in meinem Bauch herumflattern spürte. »Oh là là«, meinte Giulia, »das klingt wie der Beginn eines Romans.« »Ja, so fühlte es sich auch an«, lachte ich. »Er kam auf mich zu, lächelte und fragte mich mit seinem charmanten französischen Akzent: »Salut Charlotte, möschtest du disch ir bei misch zu der Eizung stellen?« Giulia lachte herzhaft und ich stimmte ein. »Ich wusste nicht, ob ich mehr von seiner Höflichkeit oder von seinem Akzent verzaubert war«, fügte ich hinzu. »Und was hast du gemacht?« »Ich war so perplex, dass ich nur nicken konnte und mich neben ihn stellte. Wir haben dann über das Wetter und Paris gesprochen, und er hat mir ein paar Tipps gegeben, wo ich die besten Baguettes finden kann. Es war alles so leicht und entspannt.«

Jetzt wollte Giulia natürlich den Rest der Geschichte wissen. Sie rückte näher zu mir auf dem Sofa und blickte mich erwartungsvoll mit ihren braunen Augen an. »Was geschah dann? Habt ihr euch danach wiedergesehen?« »Ja, ein paar Mal!«, zwinkerte ich Giulia zu. »Für den nächsten Tag hatten wir uns in einem Café in Le Marais verabredet. Wir unterhielten uns in einem Gemisch aus Deutsch, Französisch und Englisch. Antoine erzählte mir, dass er eigentlich Fotograf ist und nur aushilfsweise in der Alliance Française unterrichtete. Er erzählte mir auch von seiner Familie und seiner ebenso speziellen Mutter und wir mussten darüber lachen, dass uns mehr aus unserer Kindheit verband als gedacht.« Giulia lachte leise und schüttelte ungläubig den Kopf. »Das klingt so romantisch! Ich kann es kaum fassen. Und wie ging es weiter?«

Während ich fortfuhr zu erzählen, fühlte ich die Lebendigkeit dieser Tage erneut. Jeder einzelne Moment schien so greifbar, als wäre ich wieder dort. »Wir haben uns dann täglich getroffen«, begann ich. »Wir schlenderten durch die kleinen Gassen von Le Marais, entdeckten versteckte Kunstgalerien und saßen in charmanten Cafés. In einem winzigen Restaurant in der Rue des Rosiers aßen wir in ›Chez Marianne‹ das beste Falafel der Stadt. Es war ein Ort voller Geschichte und Atmosphäre, und Antoine wusste genau, wie man die Magie dieser Stadt einfängt.« Giulia hörte gespannt zu.

Verträumt erzählte ich weiter: »Wir spazierten an der Seine entlang, vorbei an den Bouquinistes, deren Stände vor antiken Büchern überquollen. Antoine führte mich zu einer winzigen Buchhandlung, Shakespeare and Company. Zwischen den alten Regalen, umgeben von Büchern in allen Sprachen, verloren wir uns in den Welten der Poesie. Wir konnten stundenlang über das Leben reden. Er erzählte mir von seinen Träumen als Fotograf und ich vertraute ihm meine Ängste und Unsicherheiten an. Es war, als hätten wir uns schon immer gekannt.«

Ich machte eine kleine Pause und seufzte: »Es war, als ob wir in einer eigenen kleinen Welt lebten, nur wir zwei.« Ich spürte, wie mein Herz schneller schlug, als ich an diese Erinnerungen dachte. »Wir lachten, redeten und genossen einfach die Zeit zusammen, ohne viel an die Zukunft zu denken oder über unseren Beziehungsstatus zu sprechen. Es war wirklich ...« Ich stockte, denn ich wagte es kaum, auszusprechen: »vielleicht so etwas wie Liebe!«

Meine Freundin strahlte und rückte noch ein Stück näher zu mir auf dem Sofa. »Antoine war so aufmerksam«, begann ich weiter zu erzählen. »Einmal nahm er mich mit zu einem winzigen Restaurant namens ›Le Temps des Cerises‹ im Quartier Latin. Es war so charmant, mit seinen Holztischen und der roten Karodecke. Der Besitzer kannte ihn und begrüßte uns herzlich. Wir aßen Coq au Vin und tranken einen wunderbaren Bordeaux.« Ich seufzte: »Die Zeit verging viel zu schnell. Wir lebten in einer Blase, weit weg von allem anderen. Doch am letzten Abend war etwas anders. Wir spürten beide, dass es Zeit war, Abschied zu nehmen.«

Zaghaft sprach ich weiter. »Unser letzter Abend war zu Silvester, denn am nächsten Tag ging mein Zug nach Wien zurück. Antoine hatte sich etwas ganz Besonderes einfallen lassen. Er wollte mit mir den Jahreswechsel an der Seine verbringen.«

Ich lachte leise, spürte aber gleichzeitig eine leichte Traurigkeit. »Paris ist ja bekannt für seine magischen Silvestertraditionen. Die Stadt der Lichter wird noch einmal heller und glitzernder, wenn das neue Jahr ansteht. Die Menschen strömen in Scharen zum Eiffelturm und zur Champs-Élysées, um das Feuerwerk zu bewundern.« Giulia nickte. »Ja, das habe ich gehört. Die Franzosen lieben es, das neue Jahr in großer Gesellschaft und mit viel Freude zu begrüßen.«

»Genau. Aber Antoine hatte einen ruhigeren, intimeren Ort gewählt. Wir trafen uns an der Pont des Arts, der Brücke der Künstler, die über die Seine führt. Die Lichter der Stadt spiegelten sich im Wasser, und es war ein atemberaubender Anblick.«

»Das klingt wie aus einem Film.«, seufzte Giulia verträumt. Ich lächelte. »Es fühlte sich auch so an. Antoine hatte eine Flasche Champagner und zwei Gläser mitgebracht. Wir standen an der Brücke, die Arme ineinander verschlungen, und schauten auf das Wasser. Die Uhr näherte sich Mitternacht, und es wurde immer lauter um uns herum. Menschen lachten, sangen und wünschten sich ein frohes neues Jahr.« »Wie wunderschön! Und dann? Was passierte um Mitternacht?« Giulia war sichtlich gespannt. »Als die Glocken Mitternacht schlugen, öffnete Antoine den Champagner und wir stießen an. Die Farben des Feuerwerks spiegelten sich in der Seine, und es war, als würde die ganze Stadt für einen Moment den Atem anhalten.«

Überwältigt von der schönen Erinnerung, erzählte ich weiter: »Antoine drehte sich zu mir. Seine grünen Augen funkelten. Er nahm meine Hand und zog mich sanft zu sich. ›Charlotte‹, sagte er leise. ›Isch bin so froh, disch getroffen zu aben.‹ Seine Worte klangen aufrichtig, und sein französischer Akzent machte es noch schöner.«

Als ich das erzählte, musste ich unwillkürlich grinsen. Mein Lächeln war so breit, dass es fast meine Ohren berührte. »Dann beugte er sich vor und küsste mich. Sein Kuss war sanft und leidenschaftlich, als würde er all seine Gefühle in diesen Moment legen.«

Giulia und ich seufzten synchron und brachen dann in Gelächter aus. Als wir uns wieder beruhigt hatten, hoffte ich, dass egal, was die Zukunft bringen würde, diese Erinnerungen für immer in meinem Herzen verankert sein würden. Verträumt erzählte ich weiter: »Wir spazierten bis zum Morgengrauen durch die Straßen und in diesem Moment schien Paris nur uns zu gehören.« »Für mich klingt es so, als hätte das Universum euch zusammengeführt.« Als Giulia das sagte, spürte ich wieder diesen Stich in meinem Herzen. »Aber wie bei allen Märchen musste ich am Ende zurück in die Realität. Wir verabschiedeten uns am Bahnhof. Es war ein bittersüßer Moment.«

Die Erinnerung an das Gespräch mit Giulia über das Loslassen kehrte zurück. Ich erkannte, dass erst wenn wir wirklich loslassen können, sich neue Wege und Möglichkeiten eröffnen. Das war genau das, was ich brauchte – den Mut für einen Neuanfang. Ich wollte aufhören, dem Vergangenen nachzutrauern und stattdessen im Hier und Jetzt anzukommen.

Giulia schaute mich mitfühlend an. »Wie habt ihr euch verabschiedet?« »Es war am Gare de Lyon, kurz bevor mein Zug nach Wien abfuhr«, begann ich, die Szene in meinem Kopf wieder lebendig werdend. »Antoine hielt meine Hand, und seine Augen suchten die meinen. Der Bahnhof war voller Menschen, die in alle Richtungen eilten.«

»Aus seiner Tasche zog er ein kleines, sorgfältig verpacktes Geschenk«, fuhr ich fort. »Es war ein elegantes, handgefertigtes Notizbuch, das in ein wunderschönes, gemustertes Stoffcover gehüllt war. Die Seiten waren aus cremefarbenem Papier, das fast wie Seide wirkte. ›Pour écrire tous tes rêves et souvenirs‹, sagte er mit einem sanften Lächeln. Um all deine Träume und Erinnerungen festzuhalten.«

»Das klingt wunderschön und traurig zugleich«, sagte Giulia, ihre Augen feucht vor Rührung. »Ja, es war ein Abschied voller gemischter Gefühle«, sagte ich leise. »Auch wenn wir uns versprachen, in Kontakt zu bleiben, spürte ich im Inneren, dass es schwierig werden würde.«

Ich setzte meine Erzählung fort, während Giulia mich mitfühlend ansah. »So war es auch. Nachdem ich zurück in Wien war, begann das echte Leben wieder. Der Alltag holte mich schnell ein, und Antoine meldete sich immer seltener.« Giulia nickte verständnisvoll. »Das verstehe ich.« Ich lächelte schwach. »Ich begann auch, das Notizbuch zu füllen, das er mir geschenkt hatte. Jeden Tag schrieb ich ein paar Zeilen über die schönen Momente, die wir erlebt hatten.« Meine Augen wurden feucht, als ich weitersprach. »Und ich schrieb darüber, wie sehr ich ihn vermisste. Es war schwer, den Alltag ohne die Magie von Paris und Antoine zu ertragen.«

Ich stockte kurz, unsicher, ob ich weitererzählen sollte. »Eines Tages beschloss ich, Nachforschungen anzustellen. Ich durchforstete das Internet nach Informationen über Antoine. Was ich fand, waren einige Ungereimtheiten. Er hatte nicht erwähnt, dass er in einer Beziehung war, zumindest nicht so direkt. Aber auf einigen Fotos sah es so aus, als wäre da jemand anderes in seinem Leben.«

»Oh nein«, murmelte Giulia. Ich seufzte tief. »Es fühlte

sich an, als hätte mir jemand den Boden unter den Füßen weggezogen. War ich wirklich so naiv zu glauben, dass zwischen uns mehr als nur ein Urlaubsflirt war? Es war schwer die Realität zu akzeptieren.«

Mit einem Kloß im Hals sprach ich weiter: »Und dann stand plötzlich Werner da! Ich dachte, dass ich meinen Pflichten als Mutter und Ehefrau nachgehen sollte, anstatt zu träumen. Ich war hin und hergerissen und so verwirrt, Giulia!« Giulia drückte sanft meine Hand. »Das hört sich wirklich nach einer emotionalen Achterbahnfahrt an.« Meine Augen füllten sich mit Tränen. »Aber jetzt möchte ich einfach nach vorne schauen und sehen, was das Leben noch für mich bereithält.« »Und ich bin sicher, dass noch viele wunderbare Dinge auf dich warten, Charlotte. Du musst nur bereit sein, sie zu empfangen«, wollte mich meine Freundin beruhigen. Etwas ungläubig entgegnete ich: »Ich werde es versuchen, Giulia! Aber was Antoine angeht, ist das Kapitel abgeschlossen.« Meine Freundin schaute mich fragend an, ihre Augen spiegelten sowohl Besorgnis als auch Neugier wider. »Warum, was ist denn passiert?« Ich seufzte tief. »Ich habe ihm geschrieben, dass ich keine Fernbeziehung möchte und ihn gebeten, sich nicht mehr bei mir zu melden. Das ist jetzt etwa zwei Monate her und er hat sich daran gehalten.«

Als Giulia mich in eine sanfte Umarmung nahm, sagte sie mitfühlend: »Charlotte, du hast das Richtige getan. Es braucht unglaublich viel Mut, so eine Entscheidung zu treffen. Du hast dich selbst geschützt, und das ist wichtig.« Ich drückte sie fest und ließ endlich die Tränen fließen. »Ich hoffe, dass du recht hast. Es war so schwer, diesen Schritt zu gehen. Aber ich wusste, dass ich das tun musste, um wieder zu mir selbst zu finden.«

Giulia löste die Umarmung und schaute mir tief in die Augen. »Du bist stark! Und du wirst daraus noch stärker hervorgehen. Es ist okay, traurig zu sein und zu trauern. Aber es wird auch wieder bessere Zeiten geben, und du wirst jemanden finden, der dich genauso liebt und wertschätzt, wie du es verdienst.« »Weißt du, was mich auch traurig macht?« Als ich weitersprach, schaute mich meine Freundin mitfühlend an. »Dass ich meinem Papa nichts von Antoine erzählt habe. Er hätte sicher genau die richtigen Worte des Trosts für mich gefunden. Aber ich brachte es nicht über mein Herz. Wobei ich fast denke, er wusste schon alles. Er kannte mich so gut.« »Ja, das denke ich auch. Und was hältst du von dem ...«, fuhr sie fort und zögerte kurz, bevor sie weitersprach. »Manchmal müssen wir loslassen, um zu sehen, was wirklich zu uns gehört. Das hätte doch dein Vater zu dir sagen können?«

Ich lächelte sie dankbar an. Ich spürte, dass ein neuer Anfang vor mir lag. Die Vergangenheit loszulassen bedeutete nicht, sie zu vergessen, sondern sie als einen Teil von mir zu akzeptieren und den Mut zu finden, weiterzugehen.

Nun war es Zeit, in das echte Leben zurückzukehren!

KAPITEL 33

Die Entscheidung des Herzens

Ich schaute aus dem Fenster. Die Sonne stand nun höher und trocknete die Tropfen der vergangenen Nacht. Die Wärme und Zuversicht, die sie ausstrahlte, trockneten auch meine Tränen. Ich atmete tief durch und spürte, wie sich mein Herz mit neuer Hoffnung füllte. Der gemütliche Pyjama, den mir Giulia geliehen hatte und der mich durch diese emotionale Nacht begleitet hatte, fühlte sich so weich und tröstlich an, aber jetzt musste ich mich von ihm verabschieden und wieder in meine eigenen Kleider schlüpfen.

Mit einem entschlossenen Nicken stand ich auf und ging ins Badezimmer, wo meine Sachen zum Trocknen hingen. Mein altes Ich, das ich gestern Abend abgelegt hatte, wartete nun darauf, dass ich es wieder anziehe. Ich betrachtete meine Kleidung und fühlte eine seltsame Mischung aus Melancholie und Entschlossenheit. »Es war schön, dich an meiner Seite zu haben, lieber Pyjama«, murmelte ich lächelnd, »aber jetzt wird es Zeit, wieder ich selbst zu sein.« Ich zog den Pyjama aus und spürte einen leichten Schauer, als die kühle Luft meine Haut berührte. Schnell griff ich nach meinen Sachen und zog sie an. Der Stoff fühlte sich vertraut und dennoch irgendwie fremd an, als würde ich in eine alte Rolle schlüpfen.

Ich schaute in den Spiegel und sah mein Spiegelbild an, das mir mit neuer Hoffnung entgegenblickte. Es war an der Zeit, nach vorne zu schauen und das Leben wieder in die Hand zu nehmen. »Okay, Welt«, sagte ich laut, »ich bin bereit. Was hast du heute für mich?« Mit einem letzten Blick in den Spiegel und einem fröhlichen Seufzen verließ ich das Badezimmer. Die Sonne schien heller als zuvor, und ich konnte nicht anders, als zu lächeln. Es war der Beginn eines neuen Kapitels, und ich fühlte mich bereit, die Herausforderungen und Freuden, die es mit sich bringen würde, anzunehmen.

Ich ging zurück ins Wohnzimmer, wo Giulia auf mich wartete. »Bereit für den Tag?«, fragte sie mit einem aufmunternden Lächeln. »Bereiter als je zuvor«, antwortete ich, während ich mir eine Strähne aus dem Gesicht strich. »Lass uns sehen, was das Leben für uns bereithält.« Giulia schlug vor, dass wir den Morgen auf Papas Lieblingsbank begrüßen sollten. Das klang nach einer wunderbaren Idee. Gemeinsam machten wir uns warm eingepackt auf den Weg nach draußen. Als sie die Haustür öffnete, huschte wieder die Königin des Sofas, Fanny, ins Haus. Mit einem leisen Miau hüpfte sie auf die rote Couch und ringelte sich dort ein, als ob sie nie weg gewesen wäre.

Ich verabschiedete mich noch von dem Sofa, das mir so viel Weisheit und Wärme gespendet hatte. »Danke für die gemütlichen Stunden«, murmelte ich schmunzelnd. Dann wanderte mein Blick durch das Wohnzimmer und blieb kurz beim Buddha stehen. Ich zwinkerte ihm zu, fast sicher, dass er mir ebenfalls zugezwinkert hatte. Vielleicht war es nur das Spiel des Lichts, aber in diesem Moment fühlte es sich an, als hätte der kleine Kerl mir tatsächlich ein wenig Glück gewünscht.

Giulia und ich traten ins Freie. Die frische Morgenluft und die sanfte Sonne begrüßten uns freundlich. »Na dann, auf zu Papas Bank«, sagte ich mit einem Lächeln, das tief aus meinem Herzen kam.

Während wir durch die Straße gingen, fühlte ich mich leichter und befreiter. »Ich wette, Fanny hält inzwischen einen Vortrag über die Kunst des Faulenzens«, scherzte ich. Giulia lachte. »Bestimmt! Und sie wird das Sofa verteidigen wie ihr Königreich.«

Wir gingen an Papas Haus vorbei. Wir blieben kurz stehen und zum ersten Mal war da nicht nur das Gefühl der Wehmut und der Sorgen. Stattdessen spürte ich eine neue Art von Ruhe in mir aufsteigen. Die vertrauten Wände, die alten Fensterläden und der verwitterte Zaun, der schon so viele Jahre stand, wirkten nicht mehr nur wie ein Relikt aus der Vergangenheit, sondern wie ein Symbol für die Stärke und Beständigkeit meines Vaters. Es war ein Ort, der mir immer

Zuflucht und Trost bieten würde. In diesem Moment wusste ich, dass ich bereit war, meinen eigenen Weg zu gehen, gestärkt durch die Liebe und die Erinnerungen an meinen Vater.

Mit jedem Schritt wurde mein Herz leichter. Ich war mir sicher, dass ich eine – nein, die beste Lösung finden würde. Eine Lösung, die mich weiterbringen und mir helfen würde, das Leben mit all seinen Höhen und Tiefen zu umarmen.

Als wir Papas Lieblingsbank erreichten, ließen wir uns nieder und genossen die friedliche Stille des Morgens. Die Vögel zwitscherten fröhlich, und die Welt schien für einen Moment perfekt. »Ich kann verstehen, warum das hier Papas Lieblingsplatz war«, sagte ich nachdenklich.

Ich schloss kurz die Augen. Plötzlich war ich ganz im Hier und Jetzt und nahm die Natur um mich herum intensiver wahr als je zuvor. Es fühlte sich an, als würden die Vögel nur für mich singen, und das sanfte Rauschen der Blätter im Wind klang wie eine beruhigende Melodie. Die warme Morgensonne streichelte mein Gesicht mit ihren zarten Strahlen, die wie sanfte Liebkosungen wirkten. Ihre Wärme weckte meine Haut und erfüllte mich mit einem Gefühl von Geborgenheit, als würde die Sonne mir persönlich ihre Wärme schenken. Tiefes Ein- und Ausatmen füllte die Lungen mit frischer Luft und spendete neue Energie. Beim Öffnen der Augen wirkte die Umgebung lebendiger, farbenfroher und voller Bedeutung. Die Blumen am Wegesrand, zuvor kaum beachtet, leuchteten in kräftigem Rot und Gelb. Ein

Schmetterling flatterte unbeschwert vorbei, als wollte er dazu einladen, das Leben in vollen Zügen zu genießen. »Ich habe diesen Moment gebraucht«, murmelte ich mehr zu mir selbst. »Alles sieht so ... neu aus. So lebendig.« Giulia nickte voller Verständnis und Freude. »Das ist die Magie des Augenblicks. Manchmal müssen wir einfach innehalten und wirklich sehen.«

Die Bank, auf der wir saßen, war nicht nur ein Stück Holz, sie war ein Ort der Ruhe und des Neubeginns. Papas Lieblingsplatz, der so viele stille Momente miterlebt hatte, schenkte mir jetzt Klarheit und Frieden. Ich drehte mich zu Giulia um, meine Augen glitzerten vor ungesagten Worten und tief empfundenen Gefühlen. »Danke«, sagte ich schlicht. »Für alles.« Giulia drückte sanft meine Hand. »Wir sind immer füreinander da, Charlotte. Und jetzt, lass uns diesen neuen Tag begrüßen – mit all seinen Möglichkeiten.«

Plötzlich fühlte ich, wie sich eine Welle der Entschlossenheit in mir aufbaute, eine Mischung aus Befreiung und Mut. All die Zweifel und Sorgen, die mich belastet hatten, fielen plötzlich von mir ab, und ich spürte klare, unerschütterliche Gewissheit.

Giulia bemerkte wohl die Veränderung in meiner Energie, denn sie lächelte ermutigend und legte ihre Hand auf meine Schulter. »Ich denke, du hast gerade deine Antwort gefunden«, sagte sie leise. Ich erkannte plötzlich, dass Papas Haus mehr war als nur ein Gebäude voller Erinnerungen. Es war ein Stück meiner Identität, ein Ort, an dem meine Träume und Hoffnungen verwurzelt waren. Die Vorstellung, es zu verkaufen, fühlte sich plötzlich falsch an. Ich spürte, dass mein Vater mir aus der Ferne zuzwinkerte und mir sagte, dass es an der Zeit war, meine eigenen Träume zu verfolgen und das Haus als Teil meiner Zukunft zu betrachten. Es war an der Zeit, die Verantwortung zu übernehmen und die Entscheidung zu treffen, dieses Haus zu behalten, nicht nur als Erinnerung an die Vergangenheit, sondern als ein Versprechen für die Zukunft.

»Giulia, ich habe eine Entscheidung getroffen«, begann ich ruhig, aber bestimmt. »Ich werde das Haus behalten.« Ich spürte eine Welle der Erleichterung, als ich die Worte aussprach. Meine Freundin strahlte vor Freude und umarmte mich fest. »Das ist fantastisch, Charlotte! Ich freue mich so für dich«, sagte sie und drückte mich liebevoll. Dann fügte sie mit einem Augenzwinkern hinzu: »Und keine Sorge, ich unterstütze dich, meine versteckten Milliönchen im Schrank sind sicher. Schließlich bin ich ja die Geheimagentin hier!« Wir lachten beide über ihren humorvollen Kommentar und spürten die Leichtigkeit, die diese Entscheidung mit sich brachte.

Ein Lächeln breitete sich auf meinem Gesicht aus, als ich an Mädi dachte. Endlich konnte ich sie aus dem Tierheim holen und in ihr Zuhause zurückbringen. Die Vorstellung, wie glücklich sie sein würde, wieder bei uns zu sein, erfüllte mich mit Freude und Erleichterung. »Giulia, ich kann es kaum erwarten, Mädi nach Hause zu holen«, sagte ich begeistert. »Sie wird so glücklich sein. Und die Kinder erst!« Giulia strahlte vor Freude über diese bevorstehende Wiedervereinigung.

»Ich frage mich wirklich, warum es mir bisher so schwergefallen ist, Entscheidungen zu treffen. Heute fühlt sich alles so verdammt gut und leicht an.« Giulia grinste. »Vielleicht war einfach noch nicht der richtige Moment, oder du hast die richtigen Antworten erst jetzt entdeckt. Vielleicht ist das Teil unseres Experiments, das Geheimnis des Glücks zu finden – die Erkenntnis, dass die Lösungen dann kommen, wenn wir wirklich bereit dafür sind.« Ich stimmte zu. »Auf jeden Fall! Aber zuerst retten wir Mädi und erobern das Haus zurück!«

KAPITEL 34

Wenn alles einen Sinn ergibt

Ich freute mich auf die neuen Herausforderungen. Voller Tatendrang stand ich von der Bank auf, um meine Pläne umzusetzen. Ich wollte mit meinem Bruder über meinen Entschluss sprechen, das Haus zu übernehmen, den Notar anrufen und die Bank informieren. Am meisten freute ich mich darauf, den Kindern nach der Schule die Neuigkeiten zu erzählen. Alle Gedanken waren geordnet und ganz klar. Zum ersten Mal seit langer Zeit hatte ich das Gefühl, auf festem Boden zu stehen. Die Entscheidung für das Haus hatte sich richtig angefühlt – nicht, weil sie einfach gewesen war, sondern weil ich ihr mit Vertrauen begegnet war. Und vielleicht, dachte ich, gilt das auch für alles andere.

Ich wusste noch nicht, ob meine Ehe zu retten war oder ob ich Antoine eine echte Chance geben wollte. Doch zum ersten Mal machte mir diese Ungewissheit keine Angst. Ich würde es herausfinden – genauso, wie ich auch wusste, dass es irgendwann Zeit gewesen war, das Haus zu behalten.

»Was meinst du, bin ich bereit?«, fragte ich Giulia, während wir langsam losgingen. Ich wollte es leicht und spielerisch klingen lassen, doch meine Stimme verriet, dass mehr dahintersteckte.

Giulia schmunzelte und sah mich aus warmen, wissenden Augen an. »Charlotte, du warst die ganze Zeit bereit. Du musstest es nur selbst erkennen.« Ich lachte leise. »Das klingt ja direkt wie aus unserer Glücksformel.« Giulia zwinkerte mir zu. »Na, wenn es in unserem Heft steht, dann muss es ja stimmen!« Sie tippte sich an die Schläfe und fügte mit gespieltem Ernst hinzu: »Wissenschaftlich erwiesen und von uns persönlich getestet.« Ich schüttelte schmunzelnd den Kopf. »Na dann kann ja nichts mehr schiefgehen.«

Wir gingen zurück in Richtung Papas Haus, wo mein Auto noch stand. Ein Gefühl überkam mich – ein Echo des gestrigen Abends. Aber es fühlte sich an, als wäre es aus einem anderen Leben. Als wäre ich nicht mehr dieselbe Frau, die gestern hier zusammengebrochen war.

Giulias Worte hallten in mir nach, während ich vor meinem inneren Auge das Haus verwandelte. Ich stellte mir vor, wie ich die alten, dunklen Möbel durch leichtere ersetzte, wie frische Farben den Räumen ein neues Leben einhauchten. Die Küche würde heller werden, mit einem großen Tisch, an dem nicht nur wir, sondern auch die Freunde meiner Kinder Platz fanden. Ich sah Sommerfeste im Garten, Lichterketten in den Bäumen und Musik, während meine Teenager und ihre

Freunde ausgelassen lachten. An Winterabenden würde das Wohnzimmer zum gemütlichen Rückzugsort werden, an dem sie für Prüfungen lernten, Karten spielten oder sich einfach niederließen, weil es sich dort so gut anfühlte.
Und dann war da noch Mädi. Ich sah sie vor mir, wie sie sich an unsere Beine schmiegte und endlich das Zuhause wieder hatte, das sie verdiente. Es war ein warmes, friedliches Bild, das sich in meinem Inneren ausbreitete.

Ich wusste noch nicht, was die Zukunft für mich bereithielt – weder mit Werner noch mit Antoine. Doch heute war alles in Ordnung. Ich hatte eine Entscheidung getroffen. Und vielleicht war genau das das Geheimnis. Die Gewissheit, dass die Antworten mit der Zeit kommen würden, wenn ich bereit dafür war.

Eine ungewohnte Leichtigkeit stieg in mir auf, eine Art Euphorie, die mich fast zum Lachen brachte. Alles schien endlich einen Sinn zu ergeben.

Ich war vielleicht noch nicht am Ziel, aber ich hatte meine Richtung gefunden. Und das war ein verdammt guter Anfang für ein neues Kapitel in meinem Leben.

Danksagung

An erster Stelle danke ich meinem Lebensgefährten Peter – für seine Geduld, seine Unterstützung und seine Liebe.

Egal, ob es ums Schreiben dieses Buches ging oder um meinen Entschluss, wieder zu studieren – du bestärkst mich in all meinen verrückten Ideen. Auch wenn das bedeutet, dass im Alltag manches zu kurz kommt, bist immer da, ohne zu zögern.

Ein herzliches Danke an all jene, die mich während des Schreibprozesses begleitet haben: durch Gespräche, geteilte Gedanken und ehrliches Feedback.

Danke an meinen Bruder und an meine Freundinnen – ihr habt nicht nur die Rohfassungen tapfer gelesen, sondern mir mit eurer Offenheit und Kritik wirklich geholfen, dieses Buch zu dem zu machen, was es heute ist.

Ein besonderes Danke gilt all jenen, die – bewusst oder unbewusst – Figuren in diesem Buch zum Leben erweckt haben. Viele Charaktere sind durch Begegnungen mit euch entstanden, durch eure Geschichten, Eigenheiten und Ideen.

Vor allem danke ich meiner Nachbarin, mit der ich viele tiefgründige Gespräche beim Spazierengehen geteilt habe – über das Leben, das Lernen und das Loslassen.

Ein großes Dankeschön geht auch an meine Lektorin Ilona Wenger, die nicht nur mit geschultem Blick, sondern mit ganzem Herzen bei der Sache war – und an das Team der Buchschmiede, das die Fertigstellung dieses Buches mit Professionalität und Tempo möglich gemacht hat.

Dieses Buch ist aus vielen Stimmen entstanden. Danke, dass ich eure hören durfte.

Auf Lachen, Liebe und Neuanfänge – weil jeder Neuanfang Menschen braucht, die an einen glauben.